AF563355

Settlers

Een western roman

Richard G. Hole

Far West

KORTE INHOUD

Het is niet verwonderlijk dat de geschiedenis van de mensheid, en in dit geval van Noord-Amerika, vol staat met heroïsche of bloedige episodes voor het bezit van het land.

De gedurfde pioniers die de routes van het Amerikaanse Westen openden, vochten en stierven om het in hun voordeel te veroveren.

Ze vochten op leven en dood tegen de wilde Indianen omdat ze honderden hectaren van hen hadden afgenomen die de Reds niet verbouwden, maar die ze wel bezaten om het wild dat hun hoofdvoedsel was, te beschermen.

Later, toen de overwinnaars in deze tragische strijd erin slaagden zich te vestigen en het eigendom te krijgen, soms veroverd met bloed en met gevoelige verliezen tussen beide partijen ...

Settlers is een verhaal dat behoort tot de Far West-collectie, een verzameling romans ontwikkeld in het Amerikaanse Wilde Westen.

SETTLERS

HOOFDSTUK I

ZO ABILENE IS GEBOREN

De aarde is de moeder van de mensheid omdat zij degene is die het rationele en irrationele voorziet van de basis van hun levensonderhoud, maar ze is een gewone moeder voor iedereen, hoewel het gebeurt dat sommige van haar kinderen, egoïstischer en ambitieuzer dan anderen, doen. ze willen alles van haar, zelfs ten koste van het heilige deel dat overeenkomt met hun broers.

Het is dus niet verwonderlijk dat de geschiedenis van de mensheid, en in dit geval van Noord-Amerika, vol staat met heroïsche of bloedige afleveringen voor het bezit van het land.

De gedurfde pioniers die de routes van het Amerikaanse Westen openden, vochten en stierven om het in hun voordeel te veroveren.

Ze vochten op leven en dood tegen de wilde Indianen omdat ze honderden hectaren van hen hadden afgenomen die de Reds niet verbouwden, maar die ze wel bezaten om het wild dat hun hoofdvoedsel was, te beschermen.

Later, toen ze zegevierden in deze tragische strijd, slaagden ze erin zich te vestigen en het eigendom te krijgen, soms veroverd met bloed en met gevoelige verliezen tussen beide partijen, kwamen de ambitieuze, de egoïstische, de sterken achter, omdat ze zich in bendes hadden gegroepeerd, en betwistte ze. die vruchtbare landen, voor wiens prestatie ze niets hadden blootgelegd om ze te veroveren.

Dit waren de onechte kinderen van moeder aarde, degenen die alles wilden en probeerden het af te nemen van degenen die het juiste hadden gekregen, en dit veroorzaakte dat over de vlaktes en prairies, waar de maagdelijke grond werd aangeboden aan de dapperen die duizenden reisden mijlen ver om ze in bezit te nemen, werden ontelbare pagina's bloed geschreven, omdat degene die zijn leven had geriskeerd om die landen te veroveren, niet instemde met anderen, hoe brutaal en machtig ook, zou proberen ze weg te nemen.

Een van de meest vruchtbare staten in het land, vooral als gevolg van de burgeroorlog, die toen het noorden ze in beslag nam en ze bijna dertig jaar lang bijna uitsluitend vasthield, was Kansas. Deze staat, verdeeld in drie platforms van verschillende hoogtes, bood vooral in het oostelijk deel alles wat de boer en boer maar konden wensen voor hun oren of hun vee. Het was de meest vruchtbare van allemaal, aangezien de westelijke vlakte bijna droog was, saai met heel weinig bomen, doorsneden door de valleien van de Arkansas en de Smoky Hille-rivier, waarin veel fossielen en karavaanresten werden gevonden, verpletterd door de stormen van ijs en zand tijdens de gedurfde marsen van de bovengenoemde routes.

Dit gebied was alleen bekend bij de Oregon, Osages en Black Dogs-indianen, tot het jaar 1541, toen de beroemde Spaanse ontdekkingsreiziger Coronado, vergezeld van zijn troepen, op zoek naar goud arriveerde op een plaats die naar men aanneemt tussen de steden was. van Great Bend en Junción City, de huidige namen van deze steden.

In die tijd stond het, volgens de kronieken van enkele gedurfde reizigers die een deel van het gebied reisden, bekend om "de gordel van blauwe grassen" en de bodem bood vier soorten onschatbaar gras: de zogenaamde "kalkoenpoot", " baardgras", "Groene distel" en "het gras van de liefde", klassen die nog steeds bestaan, zeer verzorgd door boeren.

Maar tegen deze voortreffelijkheden van het land was het noodzakelijk om te rekenen op zijn verschrikkelijke zandstormen die de mulch in een gebied van negen miljoen in één adem over de daken van de graanschuren sleepten en het vee doodden, ze slepend als veren.

Maar geen boer of boer kon zich met een gerust hart vestigen totdat de oorlog voorbij was en de "Union Pacific" werd ingehuldigd. Deze vrede werd bereikt door het niet-aanvalsverdrag met de Indianen en het was vanaf deze datum dat de kolonisatie van wat "de graanschuur van Amerika" is gaan heten, echt begon.

Het was kort voor het uitbreken van de burgeroorlog, toen een compacte groep 'wanhopen' zich in een karavaan verzamelde, in de voetsporen van de Santa Fe-route, op zoek naar territoriale uitbreiding voor hun verlangen om te leven. Overbevolkte staten boden weinig mogelijkheden, en het land op dergelijke plaatsen was meer dan verspreid en geëxploiteerd.

Alleen door de beschaving achter zich te laten en op zoek te gaan naar horizonten die niet werden verkend, zo niet geëxploiteerd, konden stukken land worden verkregen zonder een eigenaar om ze op te eisen of royalty's te eisen die hun armoede niet kon betalen.

Je moest veel blootleggen om iets te krijgen en ze aarzelden niet om het bloot te leggen.

Ze lieten het oostelijke deel van het land achter zich, dat al bijna vol was, en kwamen in het hart van de staat, en zo kwamen ze op een dag aan op een plek waar krachten en middelen hun hoogtepunt leken te hebben bereikt.

Deze plaats was genesteld in het westelijke deel en later doopte iemand het met de vreemde naam Abilene.

Het was waar dat dit niet het meest ideale deel van Kansas was, maar het had een voordeel: de gekozen plaats was langs de rivierbedding van Smoky Hill en het voordeel van het water maakte al het land dat zich langs de oevers uitstrekte. en veelbelovend als ze ernaar op zoek waren.

De karavaan bestond uit zo'n tachtig mannen, vrouwen en kinderen en werd geleid door een energieke oude man, die eerder karavaan was geweest en deels bekend was met de routes en het terrein.

Alle kolonisten kwamen uit het Oosten en hadden een moeilijke reis van honderden mijlen moeten maken, totdat ze hun hielen in dat stuk van de staat groeven. Uitgeput, verwilderd, sommigen met alleen huid aan hun botten, ploften ze neer in het dikke gras en zwoeren dat ze niet de moed zouden hebben om verder te gaan.

Of ze vestigden zich daar door dik en dun, geconfronteerd met de nieuwe ontberingen die hen zouden worden voorgelegd om de stad te stichten en te onderhouden, of ze zouden zichzelf laten sterven in de zon of weggevaagd door een zandstorm.

De meest prominenten van de karavaan kwamen in overleg bijeen, de voor- en nadelen werden bestudeerd en er werd met meerderheid van stemmen besloten zich daar te vestigen.

De plaats had een voordeel: de rivier, met zijn gunstige invloed op de gewassen, maar zonder communicatieroutes. De spoorlijn die drie of vier jaar later de staat zou doorkruisen op weg naar de kust, zou ongeveer twintig mijl passeren, was onbeduidend voor het leven van een stad en zou de komst ervan goed kunnen weerstaan. Het zou de tijd zijn die ze nodig hadden om hun eigendommen maximaal te laten renderen en dan zou het gebruik kunnen maken van de spoorweg om hun producten naar het oosten en het westen te sturen.

En daar verbleven ze in gemeenschap, niet zonder eerst de oude gids genaamd Víctor Bird op te merken:

“Kameraden, het is niet voor ons verborgen dat we een aantal enorme maanden van ontbering en angst zullen doormaken totdat onze toekomstige gewassen genoeg geven om ons te voeden en ik zeg niets totdat we er winst mee kunnen maken. Dit kan mogelijk zijn als we onszelf opofferen ten gunste van anderen, volgens de mogelijkheden van ieder.

“In deze karavaan hebben we mannen en vrouwen uit verschillende staten verzameld; Sommigen die beter bedeeld zijn dan anderen, komen met proviand en items die anderen opraakten of niet hadden. Als totdat de tijd komt dat iedereen voor zichzelf moet zorgen, degenen die meer hebben, degenen die minder hebben niet helpen, zullen sommigen verhongeren terwijl anderen gedijen.

"En ik, voordat ik voor altijd op deze plek mijn hielen nagel, moet ik de menselijke en morele kwaliteit van iedereen grondig kennen.

"Tijdens de zware reis hebben we elkaar geholpen zonder twijfels of materiële vooroordelen. Wanneer iemand ziek werd, ongeacht zijn of haar toestand, vermenigvuldigden de anderen zich om hem te verzorgen wanneer het gevaar van de Indianen is ontstaan, hebben we allemaal ons leven geriskeerd ten gunste van de gemeenschap, omdat we allemaal één waren, en toen er ongelukkige slachtoffers vielen ,,Omdat het leven zo is, werden de armste of rijkste gevallenen begraven in de open wei en vielen we allemaal op onze knieën om een gebed voor hun zielen te bidden, want alle zielen die onder ons achterbleven waren gelijk voor God en de mensen.

"Maar we hebben ons doel bereikt en dit roept de noodzaak op om attitudes te beoordelen. We zullen al onze moed en alles wat we nog hebben nodig hebben om ons leven te verdedigen, en ik vraag degenen die beter begaafd aankomen dan anderen, of ze willen dat deze harmonie die tijdens de reis tussen ons heerste, niet zal worden verbroken en dat ieder van ons zal bijdragen wat we hebben voor het algemeen welzijn.

"Dit betekent niet dat degene die het meeste heeft, het gracieus moet geven aan degene die het minst heeft. Het zou niet eerlijk zijn en daarom zal iedereen die aan iemand geeft die het ontbreekt, een bewijs ontvangen van de waarde van wat hij heeft uitgeleend, zodat degene die het heeft ontvangen te zijner tijd in staat is dit te doen. zal het eerlijk teruggeven en, als dat zo is, met de bijbehorende inkomsten.

"En aangezien ik een van degenen ben die het goede voorbeeld kan geven, omdat geluk me heeft geholpen om wat geld te verdienen tijdens mijn jaren met het leiden van caravans en ik het gebruikte om mezelf te voorzien voor deze laatste reis, zal ik de eerste zijn die de gemeenschap ter beschikking stelt hoe veel heb ik.

"De dag die voorbij is, zal voor mij en voor iedereen eindigen en als we honger moeten lijden, zullen we er evengoed doorheen gaan.

"Maar ik heb de onvoorwaardelijke toestemming van iedereen nodig. Zo niet, dan eindigt hier de karavaan. Ik ga door naar New Mexico, omdat ik de middelen heb om daar te komen en voor iedereen om het zo goed mogelijk te regelen.

"Dit is hoeveel ik moet blootleggen voordat ik mijn wagens begin te lossen en me wijden aan het bouwen van mijn huis; Laat anderen spreken, en als ze bereid zijn mij na te volgen, laat ze dan met hun hand zweren op deze Bijbel die ik breng, dat ze mij in alles zullen navolgen, omdat ik zal weten hoe ik het juiste voorbeeld moet geven.

'Nu heb je het woord.

Er was geen discrepantie. Allen zwoeren plechtig om degenen te helpen wiens middelen uitgeput waren door te zweren dat ze het geleende terug zouden betalen als ze daartoe in staat waren.

Bird, tevreden met de nobele houding van allen die deel uitmaakten van de karavaan, hield hen tegen en zei:

'Maar dit is niet genoeg, kameraden. We moeten onszelf voor de toekomst voorkomen en ik wil dat, net zoals we in dit opzicht als één verenigd zullen zijn, het absoluut noodzakelijk is dat we verenigd zijn in andere zeer belangrijke.

“We weten allemaal uit bittere ervaring wat menselijke ambities en egoïsme betekenen in de landen die we hebben achtergelaten. We kennen allemaal de ambitie van degenen die alleen het goede zoeken, wat al loont, zonder de bitterheid te hoeven lijden van het werken om het te laten presteren. U weet allemaal van de plundering van veedieven, van de wanhopigen, en zelfs van degenen die, omdat ze geld bezitten, zoeken wat hen uitkomt ten nadele van degenen die het bezitten.

“We gaan vele hectares land inperken, we gaan ze laten bloeien, we gaan hier een vruchtbare vallei van maken die ooit iemands hebzucht kan verleiden en ik wil twee dingen van iedereen eisen.

“Eén, dat er bij het verdedigen van het gemeenschappelijk erfgoed geen beperkingen zijn. We zullen allemaal moeten blootleggen wat nodig is, alsof we alleen onze eigen verdedigen; en een ander, dat niemand ooit iets zal verkopen dat ze nu als eigendom kiezen, om te voorkomen dat storende elementen in ons sijpelen en op een dag in de hel veranderen wat lijkt op het paradijs.

“Dit betekent niet dat als iemand op een dag moe wordt en met pensioen wil gaan, hij dat niet kan of moet achterlaten wat hem zoveel zweet heeft gekost. Niet dat. Het idee is dat als deze kans zich voordoet, deze aan de gemeenschap aanbiedt zodat zij het kunnen kopen.

"Als er niemand is die de overname alleen wil doen, zullen ze het met meerdere doen, en zo niet, met allemaal, maar alles wat we nu beperken, zal van ons zijn zonder tussenkomst van vreemden.

“En het maakt niet uit dat er na verloop van tijd nieuwe kolonisten komen die zich bij ons willen vestigen. Er zal genoeg land zijn waar ze het kunnen doen, maar voordat ze een paal in de grond slaan, zullen ze zich moeten houden aan het verbond dat we ondertekenen en als ze weigeren, zullen ze gedwongen worden zich een mijl buiten de stadsgrenzen te vestigen. We zullen geen gevaarlijke wiggen toelaten die de hechte harmonie die we gaan bereiken, verstoren.

“Als je het eens bent met dit nieuwe punt, zweer het dan ook en te zijner tijd wordt er een document opgesteld met alle afgesproken punten. Laat er een getuigenis zijn dat in zijn tijd kan worden ingeroepen als iemand het probeert te missen.

“Dit document wordt ondertekend door degenen die later aankomen en willen blijven. Dus niemand zal ooit beweren dat de verbintenis niet bestond of van plan is deze naar hun zin te vervormen.

Ze waren het allemaal eens met de oude caravanner. Ze begrepen dat hun voorspellingen een schild waren voor iedereen en dat dit elkaar zou beschermen.

Na de plechtige eed werd het terrein bestudeerd en werd de wenselijkheid van vestiging op één of beide oevers besproken. Victor gaf zijn mening.

"Ik begrijp dat in beide en dus zullen we drukker en dichter bij elkaar zijn. De rivier is, behalve in tijden van alluvium, doorwaadbaar, maar toch kunnen we een brug bouwen die ons verenigt. Als we maar één kust bezetten, kunnen morgen anderen zich aan de andere kant vestigen, en als ze dat voorstellen, zullen ze ons moeilijkheden bezorgen.

Zijn voorstel werd aanvaard en hij ging verder met het bestuderen van de hoeveelheid land die iedereen nodig zou hebben volgens de familie die hem vergezelde en de nuttige wapens die hij kon gebruiken om het te bewerken.

Er werd ook overeengekomen dat de stad zou worden geagglomereerd aan de zuidelijke oever, aangezien het de meest beschermde is en de meeste gewassen zouden worden verspreid op de andere oever, met uitzondering van enkele percelen langs de oever in het deel van de stad. Vervolgens zouden de locaties van elke kolonist worden verloot en de stadsgrenzen worden vastgesteld.

Het was een ontmoedigende tweedaagse taak, maar aan het einde van deze korte etappe was alles gepland.

De plots werden getekend. Sommige lagen dichter bij de rivier dan andere, maar het land was overal vruchtbaar en, indien nodig, zou de opening van kanalen worden bestudeerd om water naar de landen te brengen die het nodig hadden.

Met de oprichting van de stad ging het op dezelfde manier over tot de verspreiding ervan. De hutten zouden een groot plein omringen dat in het centrum zou openen, waardoor er een bepaalde hoeveelheid vrij land overbleef om uiteindelijk een school te stichten, een kleine kerk te bouwen en, indien mogelijk, een gemeenteraad die zou zorgen voor de staat en netheid van de stad , evenals een huis voor de sheriff, als de stad groeide en het nodig was om een autoriteit aan te stellen.

Maar terwijl dit kwam, wat tijd zou vergen, moest iemand een platonische autoriteit aannemen om in te grijpen in geval van een geschil tussen de kolonisten. Alles moest worden beveiligd, en Victor behoedde het. Er werd unaniem besloten hem deze bevoegdheid te verlenen, maar Bird weigerde botweg. Hij eiste dat er nog twee zouden worden genoemd en alleen als deze twee het niet eens waren, zou hij met zijn stem beslissen wiens reden daarvoor was.

Na al dit voorbereidende werk wijdden ze zich allemaal koortsachtig aan het bouwen van hun hutten, wat voor hen het meest urgent was. Later, toen ze hun gezinnen hadden beschut tegen de kou en de regen, was er tijd om het land te ploegen.

En zo werd de nieuwe stad gesticht, die op een dag verscheen met een spandoek aan een boom genageld, waarin je het patroniem kon lezen waarmee het bekend zou moeten zijn. In de loop van de tijd kwamen er nieuwe kolonisten bij die, toen ze de vlakte overstaken en die nieuwe, bloeiende, rustige stad ontdekten, zich erbij wilden aansluiten, en nadat ze de opgelegde voorwaarden hadden aanvaard, vestigden ze zich zonder enig ongemak.

Tot op een dag, twintig mijl van daar, de rails van de grote spoorlijn die de natie van oost naar west moest verenigen en er een van de meest lelijke streken van de hele staat van zou maken, in het land begonnen te vallen.

Maar met de spoorlijn moest de dreiging komen die de vrede en rust van de inwoners zou breken. Dat gebied, ook al was het de armste van de staat, was wenselijk, omdat de trein veel problemen zou oplossen en met het in zicht zou de uitbreiding van landbouw en veeteelt onweerstaanbaar zijn geworden.

HOOFDSTUK II

TWEE OUDE GEZELLEN

Het leven van de stad kon twee jaar na de oprichting worden geconsolideerd, niet zonder dat de inwoners ophielden met talloze ontberingen en ontberingen te lijden, maar er heerste solidariteit onder hen en, elkaar helpend, slaagden ze erin om uit de file te komen.

Tot dan toe diende het nut dat aan het land werd onttrokken alleen om van hun eerste oogst te kunnen leven, maar het was voor hen nog niet mogelijk om meer winst te behalen door het overschot te verkopen. Er was nog een lange weg te gaan voordat ze een kleine markt konden organiseren waar ze hun producten konden verkopen en wat geld konden krijgen om te besteden aan dingen die zeer noodzakelijk waren om de versleten producten te vervangen.

Victor, als een man van de prairies, maakte zich zorgen over dat zeer dringende probleem, hij dwong zichzelf om twee zeer belangrijke dingen te doen: één, het beperkte land registreren om het te beschermen tegen mogelijk puin; een andere was om dorpen te bezoeken die relatief dicht bij elkaar lagen om items te verkopen of te ruilen die de kolonisten net hadden voorzien van wat ze het meest nodig hadden.

De zoektocht zou plaatsvinden in Hutchinson, de dichtstbijzijnde belangrijke stad waar het Register zich in dat gebied bevond, en dit omvatte een reis van honderd mijl.

Het andere dat werd opgelegd om te doen volgens de criteria van de voormalige karavaan, was ambitieuzer, maar hij had een bepaalde visie op de toekomst en maakte die bekend aan de kolonisten.

De locatie die werd gekozen om zich te vestigen was een soort kleine weide of kleine vallei, verzonken tussen twee hoge depressies in de grond.

Het dorp was gebouwd in de beschutting van de oostelijke depressie, die de wind afsneed en hen gedeeltelijk beschermde tegen zandstormen toen ze verder gingen in de richting van de westelijke depressie, maar ze eindigden in het midden van de kleine vallei. De rest was blauw gras, waarin het vee dat van zoveel wisselvalligheden was gered, werd gevoed en gemakkelijk dik werd vetgemest.

Zo zagen ook de jongen die waren geboren uit lammeren en geiten en zelfs wat runderen, er prachtig uit. Als ze de middelen hadden om meer vee te verwerven, zouden ze in korte tijd gemakkelijk van een waardevolle kudde kunnen voorzien.

Dit had de voormalige karavaan van tevoren gezien en om deze reden, toen hij had besloten de mars naar Hutchinson alleen te ondernemen, verzamelde hij de kolonisten en zei:

"Ik heb gedacht dat, aangezien alles wat we tot nu toe hebben bezet en aan het werk hebben gezet, zal worden vastgelegd, het erg handig zou zijn om ook alles vast te leggen wat er van de weide overblijft tot de depressie die het afsnijdt.

"Het is waar dat het tot nu toe niet nuttig voor ons is, behalve om te snuffelen aan de weinige runderen die van de slacht zijn gered, maar niemand kan voorzien wat er morgen kan gebeuren, wanneer we blijven bloeien en de spoorweg ons helpt bij het oplossen van problemen die op op het moment dat ze onze handelingsmogelijkheden overschrijden.

"Dat lelijke stuk gras kan ons op twee manieren goed van pas komen. Ten eerste om wat meer percelen te kunnen verkopen voor het welzijn van iedereen als andere emigranten arriveren en de wens voelen om zich hier te vestigen. Als we het ergste hebben meegemaakt en hebben doorstaan en degenen die komen, veel moeilijkheden zullen zien opgelost, is het eerlijk dat ze niet dezelfde voorrechten genieten en in geld bijdragen wat hen bespaard is gebleven bij te dragen aan werk en vermoeidheid. Het zou ons helpen om vee of dingen van algemeen nut te verwerven en het zou de waarde van onze gewassen niet verminderen.

Maar er is meer. Ik heb meningen gehoord, projecten voor de toekomst; Hier zijn er mensen die voordat ze kolonist waren een cowboy waren en ervan droomden een kleine boerderij te kunnen stichten en vee te fokken dat een goede winst opleverde.

"Ik weet dat er onderweg markten zijn geopend om al het vee dat uit Texas komt te ontvangen en dat door het gebrek aan vlees dat de oorlog heeft voortgebracht, alles wat binnenkomt heel goed verkoopt. Als we vee zouden kunnen fokken, zouden we profiteren van deze schaarste en ze winstgevender kunnen verkopen dan de boeren die uit Texas komen.

"Maar daarvoor is het nodig om weiden te verzekeren en we hebben weiden. We konden hier natuurlijk niet op grote schaal een ranch neerzetten, maar wel één die past bij de mogelijkheden die dit onbenutte stuk land biedt.

"En het is mijn idee dat we het ook registreren als eigendom van de gemeenschap en wanneer geluk ons een beetje meer helpt, vee te verwerven, de boerderij te bouwen en niet alleen landbouw, maar vee te exploiteren.

"Het is een ambitieuze droom en misschien niet op korte termijn, misschien zie ik, die al oud ben, hem niet volledig gerealiseerd, maar als ik zou sterven voordat ik hem had verwezenlijkt, zou ik de wereld verlaten met een tevreden gevoel dat ik had bijgedragen aan het verzekeren van de welzijn van een handvol gezinnen. in alle opzichten het waard om geholpen te worden.

'Dit is mijn idee, jullie bestuderen het terwijl ik de wagen klaarmaak om naar Hutchinson te gaan om namens iedereen de registratie te controleren. Wat u afspreekt, is wat er wordt gedaan.

Een van de kolonisten maakte bezwaar:

“Denk je dat dat makkelijk is? Het registreren van de percelen van elk is niet ingewikkeld, aangezien er een plattegrond van de plaats is getekend, met het land dat elke kolonist inneemt en onze namen, maar ... hoe zouden we de prairie registreren in wat onaangeboord blijft? Om ervoor te zorgen dat de staat ons het voorrecht geeft om onszelf als eigenaren van onbebouwd land te beschouwen, vereist het de exploitatie door iedereen die de registratie aanvraagt en we kunnen aantonen dat we elk het begrensde land exploiteren, maar de prairie ... niemand van ons exploiteert het en, in de naam van wie zou dat record verifiëren?

'Nou, namens de hele stad. Het zou een gemeenschappelijk bezit zijn en wat de exploitatie ervan betreft, kunnen we laten zien dat we ons vee erin hebben en dat we van plan zijn een boerderij te bouwen en meer rozen te verwerven. Ik denk niet dat het moeilijk is om het te krijgen, om een reden. Wat de regering wil, is dat de rijkdom van de bodem toeneemt, dat moeder aarde elke dag meer produceert en als ze dat land moet weggeven in ruil voor meer productiviteit, maakt het haar niet uit aan wie het wordt gegeven, maar het product dat is gegeven. komt ervan voort. We willen niet dat het blijft zoals het tot nu toe is geweest, maar om het voor iedereen bruikbaar te maken.

“Als je denkt dat dat haalbaar is, valt er niet meer over te praten. Ik heb me beperkt tot het wijzen op een mogelijke storing, maar als die er niet is, ga je gang.

"Daar. Met de plattegrond van de stad en de percelen in gebruik, evenals de namen van alle eigenaren, zullen we een door hen ondertekend document afgeven, waarin de totale gunning van het stuk weiland wordt gevraagd om een ranch en nog meer het vee dat we bezitten vergroten. Ik weet zeker dat er geen oppositie tegen zal zijn.

“Als dat het geval is, zullen we het ondertekenen en hopelijk verleent u het ons!

Victor breidde het document uit, zette het voor ieders handtekening en daarmee het algemene plan van de weide, evenals de locatie van de stad, maakte hij klaar om te vertrekken. Voordat hij dit deed, verklaarde hij:

'Als iemand nu geld heeft en het niet erg vindt om het te gebruiken, kunnen ze het aan mij toevertrouwen en ik zal van de reis profiteren om dingen te kopen waarvan ik weet dat ze voor ons allemaal nodig zijn. We zullen veel problemen verlichten die ons nu hinderen. Wie iets nodig heeft, geef me een lijst.

Toen het tijd was om aan de reis te beginnen, had Victor zijn zakken vol bankbiljetten, die hij later zou moeten opbergen om erachter te komen wat hij in de stad zou moeten kopen.

Niemand koesterde het minste vermoeden dat hij zijn belofte niet nakwam. Ten eerste omdat hij vele bewijzen van kameraadschap en interesse had getoond, en ten tweede omdat hij zijn velden verlaten had achtergelaten, zij het met de belofte van iedereen om er tijdens zijn afwezigheid voor te zorgen.

Victor maakte een pijnlijke vijfdaagse reis om het dorp te bereiken, maar een geharde man op die vermoeiende routes, hij weerstond ze goed, ondanks dat hij geen kind was, en ging Hutchinson op de vijfde dag in het midden van de middag binnen. Omdat het nog geen tijd was om zich in te schrijven, omdat het alleen 's ochtends werkte, zocht hij een herberg waar hij die nacht kon slapen, om de volgende dag de relevante operaties te verifiëren die de zaak zouden oplossen en zijn metgezellen van vermoeidheid, zeker dat niemand zou hun land kunnen betwisten. druk.

Toen hij na het verlaten van de kar bij de herberg de straat op ging voor een wandeling, voelde hij zich vreemd voor alles om hem heen.

Twee lange jaren, ondergedompeld in die verlaten weide, werkend als een galeislaaf en ontberingen doormakend zoals de anderen, hadden Abilene's stempel zo diep op zijn netvlies gegrift dat hij niet op het idee kon komen iets zo vijandigs als wat hij werd geconfronteerd. omgeven.

De winkels, de straten vol mensen, de voertuigen die rondreden, alles wat dynamiek en vooruitgang betekende, ontmoetten elkaar daar in schril contrast en ze wist niet of ze spijt moest hebben dat ze niet definitief in die omgeving was, of sterker moest verlangen naar wat is gebeurd. hem dagen geleden achtergelaten.

En het visioen van het stadje dat hem omringde was sterker in zijn geest.

Dat was als een stukje van zijn ziel, iets dat was geboren uit zijn inspanningen met hem van anderen; er was niets frivool of kunstmatigs; Daar was alles intens werk, ongemak, zweet, vermoeidheid en ontbering met het oog op een meer veelbelovende toekomst, maar er was de gastvrije moeder aarde die zo'n geschenk verdiende en dit was zo diep in de ziel van de voormalige caravanner gedrongen, dat hij niet. Ik zou voor niets zijn veranderd.

Het is waar dat hij veel noodzakelijke dingen miste die daar bestonden en dat niemand ze veel belang leek te geven, maar met de tijd zouden ze ze ook in Abilene hebben en ze zouden ze aan niemand verschuldigd zijn, omdat ze ze zouden hebben gecreëerd met de inspanning van hun spieren en met het zweet van hun voorhoofd.

Misschien was deze genegenheid voor moeder aarde het product van zoveel jaren het kruisen van de routes in eeuwigdurend contact met de natuur en dit had hem ertoe gebracht zich met haar te identificeren en van haar te houden, ondanks het feit dat ze niet altijd vriendelijk en weelderig was met mensen. .

Hij, die zoveel verschillende landschappen had doorkruist, wist dat er goede en slechte landen waren, dat sommigen warmte en water aan de oren boden en anderen vorst en hagel om ze te verschroeien; dat op sommige plaatsen de zon bloemen in de velden zette en op andere, sneeuwstormen en ijs die de lichamen bij de minste zwakte grepen, maar in de uiteindelijke balans was de moeder aarde dat: de moeder van de mensheid, omdat het bijdroeg aan hun steun en alles bestond uit weten hoe te kiezen en weten hoe ermee om te gaan.

Hij liep verdwaasd door de hoofdstraat, toen een zware en ruwe hand op zijn schouder rustte en een stem wiens timbre hem bekend was uitriep:

Hell's Bells, Vogel ...! Ben je in deze landen?

Victor draaide zich om en herkende degene die hem zo had begroet. Het bleek een caravanner te zijn die meerdere routes met hem had afgelegd voordat hij de caravans verliet. Het was een man die al meer dan vijfendertig jaar oud was. Hij was lang, sterk, met een vastberaden uitdrukking, een zeer gebruind gezicht en een redelijk acceptabel figuur naar de smaak van vrouwen.

Hij droeg een geruit hemd, een suède vest, een spijkerbroek en halfhoge laarzen met op de hielen lange ingesneden sporen. Zijn hoed was een cowboy, heel lang met een kroon, brede randen en met twee bestudeerde deuken aan de voorkant van de kroon.

Victor herinnerde zich hem als een taaie en resistente pion, hij had de ruwheid van de weg altijd goed doorstaan, hoewel hij altijd een wat vreemde man was geweest, erg gevoelig voor gevechten en gevechten om redenen die soms onbelangrijk waren.

Victor antwoordde glimlachend:

'Hallo Adam. Ik had er ook niet op gerekend je op deze breedtegraden tegen te komen.

“Inderdaad, het lijkt erop dat steden als deze niet de meest bezochte plaatsen voor ons zijn, althans tot voor kort, maar het levenswiel draait vele malen en soms plaatst het ons waar we ons het minst konden voorstellen dat we zouden kunnen zijn.

'Maar jij, die altijd een oude wolf van de routes was, lijkt ze in de steek te hebben gelaten, klopt dat?

'Inderdaad, Adam, ik heb ze in de steek gelaten omdat ik me oud voel en dat vereist kracht en jeugd. Ik heb een paar duizend mijl op mijn ribben en ik denk dat het tijd was voor mij om het over te nemen.

“Om van je inkomen te leven dan?

"Mijn inkomen? Bespot niet, Adam. Je weet heel goed dat de huur van een caravanner verdwijnt als je een route hebt voltooid en je van het product moet leven totdat je een ander kunt ondernemen. Mijn inkomen was altijd slecht.

"Vervolgens...

“Ik ben een kolonist geworden. Het is tijd voor mij om mijn benen en ribben te laten rusten en het meeste te halen uit de dagen die nog in mijn leven zijn. En wat doe je? Heeft u de caravans ook achtergelaten?

“Inderdaad, Vogel. Ik heb ze in de steek gelaten omdat ik, net als jij, het beu was om door onherbergzame landen te reizen en mijn leven bloot te leggen in de strijd tegen de elementen en de Indianen. Men is nog jong en moet een sap tot leven brengen dat open landschappen met geen andere charmes dan geleidewagens, niet biedt.

“Ik sta in dienst van een veeboer die veel in vee handelt en hoewel er ook wat vermoeidheid is bij het rijden, zijn er veel rustperiodes om steden als deze te bezoeken en een paar dagen plezier te hebben, wetende dat het salaris elke keer loopt. maand en wacht niet tot er nieuwe werkgevers verschijnen.

“Maar... we praten droog en dat klopt niet. We moeten onze ontmoeting vieren en ik nodig je uit voor een whisky of twee, wat je maar wilt drinken.

"Dank je, en ik zal het accepteren om je niet af te wijzen, maar ik zal je vertellen dat het meer dan twee jaar geleden is dat er een druppel alcohol in mijn keel is gekomen.

"De klokken van de hel! ... Is dat mogelijk?

"Zoals ik je zeg!

'Heeft hij zich teruggetrokken uit het drinken? Je had een goede maag om het te assimileren.

“Dat klopt, en ik zal je zeggen dat ik het in het begin heel erg miste, maar je went aan alles. Waar ik de afgelopen twee jaar heb doorgebracht, was er alleen rivierwater en daar moest je aan wennen.

'Nou, je zult het me vertellen. Ik ben benieuwd wat hij heeft gedaan sinds we elkaar vier jaar geleden niet hebben gezien.

Adam leidde hem naar een nabijgelegen taverne, waar hij twee glazen whisky bestelde, en zittend aan een tafel hervatten ze hun gesprek.

"Mijn leven mist opluchting", bevestigde Victor. Aan de andere kant, de jouwe, hoe rusteloos en hard je ook was, ik denk dat het interessanter zal zijn dan de mijne.

"Geloof het niet. Ik verliet de caravans drie jaar geleden, nadat ik een longontsteking had opgelopen die me bijna naar de hel bracht en toen besloot ik de routes te verlaten.

“Ik werkte als arbeider op een boerderij, later op een ranch en later, via een vriend, werd ik onderdeel van het team van een veehandelaar, die het hele jaar door veel vee koopt en verkoopt.

“Het werkt vaak hard, maar het betaalt goed en er zijn altijd gaten om plezier te hebben en het werk te compenseren.

"Dus uw inkomen...

"Mijn inkomen gaat naar whisky en een paar goede meiden met wie ik meestal tijd doorbreng in de gokhuizen, maar ik heb plezier, wat ik voorheen niet deed.

En aangezien dit mijn leven is sinds we elkaar niet hebben gezien, vertel me nu het jouwe, dat zou interessanter moeten zijn.

"Interessant om naar te luisteren misschien, maar om het mee te maken had het niet moeilijker kunnen zijn, alhoewel met de hoop dat het niet lang op zich laat wachten om een vergoeding te krijgen.

Bird vertelde hem hoe hij zich had aangesloten bij een karavaan van ballingen en hoe ze zich hadden gevestigd aan de oevers van Smoky Hill, waar ze besloten zich te vestigen en een stad te bouwen met de arme middelen die ze nog hadden.

Víctor vertelde over de perikelen die hij had geleden totdat hij in staat was zijn bestaan voor de helft te verzekeren met het product van de gewassen en gezien de naderende inhuldiging van de "Union Pacific", zouden ze veilige transportmiddelen hebben om hun gewassen te plaatsen en in staat zijn om verwerven wat ze nodig hadden en nog niet bezaten. .

Terwijl Adam naar hem luisterde, had hij om twee nieuwe glazen whisky gevraagd, en Bird, aangemoedigd door de drank waaraan hij niet meer gewend was, legde uiteindelijk aan zijn oude metgezel van vermoeidheid alle projecten van de kolonisten uit en de reden die hadden geleid tot hem naar de stad.

Adam, die aandachtig en zonder onderbreking had geluisterd, riep uit:

'Dus ze bezitten een stad met honderd buren en bovendien een prachtige uitgestrekte prairie?

"Dat zijn we praktisch, want we werken al twee jaar op het land. Nu ben ik juist gekomen om de registratie van onze percelen en het deel van vrij grasland te verifiëren. We denken dat we, zodra de omstandigheden het ons toelaten, samen een ranch kunnen stichten, vee kunnen kopen van degenen die bij duizenden komen uit het deel van Texas en een soort vleesmarkt hebben gevonden, die de dichtstbijzijnde steden enkele kilometers in de omtrek beslaat. .

"Leuk bedrijf, van wat ik zie.

'Misschien wel, maar niet zo snel, Adam. Houd er rekening mee dat we erg krap in de middelen zitten en dat we, totdat we een manier hebben gevonden om onze gewassen te verkopen, om te beginnen geen geld hebben. Voordat we onszelf moeten voorzien van veel noodzakelijke dingen die we missen, maar we zijn stoer en sterk en alles zal komen.

"Dat registreren wordt heel ingewikkeld. Honderd eigenaren zijn.

"Geloof het niet. Ik breng een perfect plan van de percelen, hun locatie en afmetingen en de machtigingen van iedereen om de registratie namens hen te doen. Wat de prairie betreft, deze zal worden geregistreerd als gemeenschappelijk eigendom en er zal geen ongemak zijn Aan de andere kant weet je dat in het geval van verre landen, zonder eigenaar of symptomen van kolonisatie, de staat allerlei faciliteiten biedt. De vraag is of moeder aarde wordt bewerkt, dat het produceert en dat het iedereen ten goede komt .

'Nou Bird, je weet niet hoe vaak ik je geluk vier... Wil je me vertellen waar die stad is, voor het geval ik ooit de kans krijg om je gedag te zeggen? Omdat ik veel op deze plaatsen reis met vee, breng ik misschien een dag in de buurt door en maak van de gelegenheid gebruik om ernaar te kijken, om te zien hoe het ervoor staat.

'Ik denk niet dat het moeilijk voor je zal zijn om het te vinden. Volg gewoon het parcours van Smoky Hill. Het is ongeveer twintig mijl onder een stad genaamd Victoria, waar de spoorlijn al wordt gebouwd.

'Dat zal ik onthouden voor het geval ik je kan bezoeken. En vertel me nu wat je van plan bent vanavond te doen.

'Niets, Adam. Aangezien ik al deze papieren pas morgen kan registreren, ga ik vroeg naar bed.

“Vroeg, wanneer weet God tot welke andere tijd hij niet in staat zal zijn om tussen beschaafde mensen te leven?

'Je zult niet denken dat ik ben zoals jij die de leeftijd heeft om in stijl te feesten.

“Natuurlijk niet, maar een foodie wordt hij ook niet. Waarom accepteer je niet dat we samen eten? We hebben veel slechte drankjes gehad op de weg, we hebben gemeenschappelijke gevaren gelopen en we hebben elkaar al een hele tijd niet meer gezien. Voor het geval we elkaar weer uitstellen, of we elkaar niet meer zien, is het niet meer dan eerlijk dat we wat tijd doorbrengen in aangenaam gezelschap en herinneren aan voorbije tijden. Ik hoop dat je niet op me neerkijkt.

Hoewel Victor zoveel mogelijk wilde uitrusten van het mislukken van de reis, aangezien hij weer een dag had die zo zwaar was als hij in perspectief had meegemaakt, durfde hij zijn oude karavaanmetgezel niet af te wijzen en zei:

'Nou Adam, omdat ik jou ben, zal ik me inspannen, maar ik verzeker je dat mijn uithoudingsvermogen niet meer is wat het was en dat mijn botten nu gemakkelijker lijden en rust van me eisen. Ik ga met je mee naar het avondeten, maar ik ga binnenkort met pensioen. Morgen, na het verifiëren van de registratie, moet ik veel verhuizen om een eindeloos aantal dingen te verwerven die mijn collega's me hebben gevraagd en onmiddellijk het pad van de stad te beginnen. Er zijn honderd mijlen wagons die, wanneer de gewoonte om ze te rollen verloren is gegaan, veel wegen.

"Akkoord. Waar verblijf je?

'In een heel bescheiden herberg, Adam. Je moet krap zijn met geld totdat de situatie verandert. De herberg heet "Los Tres Sauces", en het is op een plein dat het zijn naam geeft, juist omdat het drie wilgen heeft.

'Ik weet waar het is. Om half tien zoek ik je erin. Nu heb ik wat te doen, maar tegen die tijd ben ik vrij.'

'Heel goed. Om half tien wacht ik daar op je.

Ze namen afscheid met een stevige handdruk en stonden op. Victor leek een beetje duizelig door het gebrek aan gewoonte om te drinken, maar hij schatte dat hij met de middaglucht wakker zou worden en dat hij tegen etenstijd weer helder zou zijn.

En Adam in de steek latend, die van de weg verdween, begon hij onvast te lopen, gretig de droge, snijdende lucht inademend die op dat moment waaide.

Hij zou tijdens het avondeten voorzichtig moeten zijn om weinig te drinken, om verdere duizeligheid te voorkomen.

HOOFDSTUK III

DE FEIT VAN EEN KWAAD

Om half tien verscheen Adam bij de herberg waar Victor hem bij de deur opwachtte.

De herberg, zoals de voormalige karavaan had gezegd, was geïnstalleerd op een niet erg groot plein, met weinig beweging, en om naar een meer centrale en drukke straat te gaan, moest je een smal, vuil en slecht verlicht steegje oversteken dat de straat met het plein. Adam, glimlachend, pakte Victor bij de arm en trok hem met de woorden:

"We gaan dineren in een heel typisch restaurant, waar ze heel lekker eten. Ik raad het aan voor als je hier terug moet komen.

"Wie weet, wanneer zal ik het doen en of ik zal terugkeren. Het is een erg zware dag om het vaak te doen en als de spoorlijn binnenkort wordt ingehuldigd, is het beter om naar Victoria te gaan en daar de trein te nemen. Vooruitgang wordt opgelegd en dit van de wagentreinen die mijlen en mijlen over moeilijke en gevaarlijke paden rollen, zal binnenkort de geschiedenis ingaan. Op een dag zullen degenen onder ons die caravanners waren enkele pittoreske foto's zijn om de verhalen en verhalen van onze nakomelingen te illustreren.

Adam leidde hem door verschillende straten die Bird niet kende, totdat hij stopte voor een bescheiden restaurant in een afgelegen en smal straatje. Het was een etablissement van normale grootte, waar maximaal twee dozijn mensen tegelijk konden eten.

Ze namen een tafel in de hoek en Adam koos een uitgebreid menu met geroosterde bizonbult, bonenomelet, aardappelen om de bult op te fleuren en appeltaart. Hij bestelde ook twee flessen Californische wijn, erg populair in die breedtegraden.

Terwijl ze aten, werd het gesprek levendig. Beiden herinnerden zich stadia van hun leven als caravanners vol angst, en Bird, aangemoedigd door de Californische wijn waarmee hij het diner schonk, keerde terug naar het thema van zijn nieuwe leven als kolonist, haar en tekenen gevend van alles wat ze hadden gedaan en van wat ze niet lang hoopten rond te krijgen.

Na het eten dat tot na elf uur duurde, bestelde Adam koffie en twee glazen rum en toen ze om half elf het restaurant verlieten, voelde Bird zijn maag zwaarder dan wanneer hij het met stenen had gevuld en wat zijn hoofd betreft, het was een kleine wervelwind vanwege de ingenomen alcohol.

Victor had op zijn minst willen betalen voor koffie en rum, maar Adam had er sterk bezwaar tegen gemaakt en zei:

"Geen sprake van. Ik heb uitgenodigd en niet meer praten. Ik wil dat je een goede herinnering hebt aan deze ontmoeting van ons, voor het geval we elkaar niet meer zien.

"Wie weet. De wereld draait veel rond en je hebt het al gezien; toen we het het minst vermoedden, hebben we elkaar weer ontmoet.

"Je hebt gelijk, maar de geschiedenis herhaalt zich niet altijd.

Adam nam hem bij de arm, aangezien Victor een beetje leek te aarzelen, vroeg:

"Wat doen we nu? We zouden kunnen gaan wandelen en een van die plekken bezoeken waar goede meisjes optreden. We zouden een hele avond doorbrengen.

'Bedankt, jongen, maar die tijd van rondhangen met brave meisjes ging voor mij voorbij. Ik ga naar bed omdat ik vroeg moet opstaan om naar de griffie te gaan en dan winkels te bezoeken. Ik heb nog veel huiswerk te gaan voordat ik mezelf weer in de stad zie.

'Nou, als dat je vaste doel is, wil ik je niet van streek maken. Ik ga met hem mee naar de herberg en dan zie ik wel waar ik de vertering doe.

Altijd aan zijn arm vastgeklampt, vervolgden ze hun weg naar de herberg. Het liep tegen twaalf uur en het verkeer op straat was bijna nihil. Degenen die zich niet hadden teruggetrokken om te rusten, werden opgesloten in tavernes en gokhallen.

Eindelijk bereikten ze de steeg die naar het plein leidde. Er ging geen ziel doorheen en het was bijna donker.

Adam liet Victors arm los en zei:

"Pas op dat u niet struikelt en valt! Ga naar de muren, wat het veiligst is om te doen.

Bird, die duizelig leek, volgde het advies op en leunde met één kant tegen de muren verder terwijl Adam, bijna naast hem, maar een beetje achter hem, hem volgde.

Totdat de voormalige caravanner plotseling een scherpe en geweldige pijn in zijn rug voelde. De pijn dwong hem zijn mond te openen om te schreeuwen, maar hij had geen tijd, en als door de bliksem getroffen viel hij opzij naast een schaduwrijke deuropening.

Adam trok koeltjes aan het handvat van het mes dat hij wreed in de rug van zijn voormalige partner had geslagen en boog zich snel over hem heen om zijn zakken te doorzoeken.

Gretig greep hij alles wat ze bevatten en met een snelle stap verliet hij de steeg, naar de onmiddellijke straat, om zich te verliezen in andere straten aan de overkant.

Toen hij veilig was, reikte hij naar het licht van een lamp die aan een deuropening hing en bekeek gretig alles wat gestolen was. Er waren het plan van de stad, de geografische ligging, de percelen van elke kolonist en de documenten die door iedereen waren ondertekend. Hij had ook achthonderd dollar in beslag genomen die aan Victor was gegeven om aankopen te doen.

Het plan dat was opgesteld sinds hij Bird had ontmoet en hij hem roekeloos op de hoogte had gebracht van de missie die hem naar Hutchinson had geleid, was geworden zoals hij het had bedacht en nu hoefde hij alleen maar te zien of de steek die de voormalige karavaan was toegebracht, was geweest. succesvol. zo dodelijk als hij had geprobeerd. Als hij dood zou worden gevonden, zou hij niets te vrezen hebben en zou het laatste deel van zijn gewaagde project veilig in praktijk kunnen worden gebracht. Hij zou al het land op zijn naam laten registreren, inclusief percelen en weide, en dan zou hij zeker de persoon vinden die van hem zou kopen voor een bedrag dat hij had vastgesteld, het kadaster.

Als hij het geld in zijn bezit had, zou het voor altijd van die breedtegraden verdwijnen en de koper zou met de kolonisten afrekenen op het moment dat hij de weide in bezit nam en de betaling van de huurovereenkomsten eiste of hen dwong ze te kopen ondanks dat het van hen was.

De ellendige Adam trok zich terug in de herberg waar hij verbleef, maar sliep de hele nacht niet. Nu voelde hij de kwellende twijfel dat hij niet wist of hij Bird had neergeslagen, zijn mond voor altijd had dichtgehouden, of dat, ondanks zijn spectaculaire val, de wond niet zo dodelijk was geweest als zijn plannen eisten; Deze kwellende twijfel dwong hem vroeg op te staan en zich doelloos op straat te werpen.

Een ziekelijke nieuwsgierigheid bracht hem ertoe het steegje te naderen waar hij angstig keek, maar hij kon zien dat het bloedende lichaam van de voormalige karavaan er niet meer was. Iemand moet hem dood of gewond hebben aangetroffen en hem uit de circulatie hebben gehaald.

Helemaal nerveus liep hij rond tot halverwege de middag toen de stadskrant in de uitverkoop ging, en koortsachtig kocht hij een exemplaar en ging met pensioen waar niemand hem zou zien om nieuws te zoeken dat zijn situatie zou verduidelijken.

Tot hij op de laatste pagina een folder vond waarop stond:

MYSTERIEUZE MISDAAD

Vanmorgen, in een steeg die naar de Plaza de los Sauces leidt, ontdekten twee voorbijgangers die daar rondliepen het lichaam van een halfbloedige man, die met zijn gezicht naar beneden op de grond lag.

Hij had een enorme wond op zijn rug, veroorzaakt door een mes, hoewel deze niet in de buurt van de gewonde man werd gevonden. Ze moeten hem bij verrassing hebben neergestoken, misschien om hem te beroven, aangezien er geen geld of enig document in zijn kleren werd gevonden om de aangevallen man te identificeren.

Hij werd in een wanhopige toestand naar het ziekenhuis gebracht en midden op de dag, wanneer we het ziekenhuis hebben bezocht en met de artsen hebben gesproken, verbergen ze hun pessimisme niet. Ze hebben niet veel hoop om zijn leven te kunnen redden en nog minder dat hij iets kan verklaren dat het mysterie opheldert. Zelfs in het onwaarschijnlijke geval dat uw leven is gered, zal het vele dagen duren voordat u in staat bent te getuigen.

We veroordelen een dergelijke walgelijke misdaad met klem en we dringen er nogmaals bij de autoriteiten op aan om de waakzaamheid te vergroten om dergelijke laakbare gebeurtenissen te voorkomen, gebeurtenissen die te vaak voorkomen en die de goede naam van de stad in diskrediet brengen.

Adam haalde rustig adem na het lezen van het nieuws. Of Bird nu stierf of werd gered, voor het moment werd hij uitgeschakeld om zijn plannen te dwarsbomen en hem in gevaar te brengen. Hij kon rustig de landmeting uitvoeren en vandaar verdwijnen om te praten met degene waarvan hij zeker wist dat hij zou instemmen met de aankoop van die plaat.

Nadat de operatie was uitgevoerd en hij het geld had ontvangen, zou hij uit dat gebied verdwijnen en zou de koper met de kolonisten afrekenen. Juridisch gezien zou hij de eigenaar van het land zijn en niemand kon het lot van de voormalige karavaan bemoeilijken.

De volgende dag werd hij bij de griffie gepresenteerd met de kaart van de stad en de percelen.

Hij had zich zeer goed gekleed gepresenteerd, alsof hij eigenlijk een welgestelde man was, en na een paar grappen met de griffier te hebben uitgehaald om zijn sympathie te winnen, legde hij de operatie op zijn eigen manier uit.

Hij had dat land ontdekt door het in bezit te nemen en had met een paar karavanen afgerekend om hen een deel van de kleine vallei te pachten, wat ze accepteerden. Ze hadden zich daar gevestigd, ze hadden het land verdeeld zoals blijkt uit het plan dat hij presenteerde en de rest zou hij gebruiken om een kleine boerderij te bouwen en vee te houden.

De griffier leek niet erg geïnteresseerd in Adams uitleg. Zijn missie was om kennis te nemen van de plaats, het plan toe te laten met de geschatte aanduidingen van de locatie, en zelfs de naam die aan de stad was gegeven. De rest was aan de persoon die de woning registreerde.

En aangezien er veel documenten waren die werden geverifieerd van percelen die de regering gratis aan de kolonisten gaf, leverde de zaak geen complicaties op voor de procedures. Als de inspecteurs later een bezoek wilden brengen om te controleren of de geregistreerde grond inderdaad in exploitatie was, was dat hun taak.

Met al het papierwerk geverifieerd, de betaalde registratierechten, die bescheiden waren, en de bewijsstukken op zak, verdween Adam snel uit Hutchinson. Hij was daar alleen op doorreis, en zijn bestemming, hoewel niet erg ver weg, was een heel andere.

Adam had Victor iets verteld over zijn huidige leven, maar hij had het interessantste gereserveerd. Als hij het had verklaard, zou de voormalige karavaan hem als ongewenst van zijn zijde hebben gegooid.

Hij werkte wel voor een veehandelaar, maar niet voor een handelaar met wie hij fatsoenlijk kon omgaan. Zijn naam was Ludwing Swan en hij handelde alleen met veedieven, kocht van hen het product van hun plundering tegen een lage prijs en plaatste het vervolgens zo goed als hij kon, met een winst die veel groter was dan wat een legale handel hem zou hebben opgeleverd.

Het grootste nadeel en het gevaarlijkste dat hem plaagde, was dat hij geen veilige plek had waar hij het vee kon verzamelen en camoufleren totdat ze konden worden vrijgelaten.

Dit was een probleem waar hij gek van werd, omdat hij gedwongen was om naar ingewikkelde plaatsen te zoeken, verre van gemakkelijke inspectie, om het vee op te slaan, altijd blootgesteld aan ontdekking op een bepaald moment.

Adam, die hier niet van op de hoogte was, was er zeker van dat hij met Swan kon onderhandelen over de aankoop van dat ideale land, aangezien hij als absolute eigenaar van het land de kolonisten de betaling van een pacht kon opleggen, of hun hun eigendom kon verkopen. en ook kon hij een empirische boerderij op het stuk prairie stichten, daarin zoveel vee verzamelen als hij onder zijn status als handelaar verwierf en tegen zoveel gevaren worden beschermd, aangezien de plaats, volgens Victor hem had verteld, was geïsoleerd en het was voor niemand gemakkelijk om zaken te doen.

Adam ging naar een stad genaamd Sterling, waar Swan nu was. Hij had net tweehonderd runderen verkocht die hem veel hoofdpijn hadden bezorgd, omdat ze er zo hard naar hadden gezocht en hij rust wilde vinden voordat hij in nieuwe complicaties zou komen.

Swan had het half dozijn mannen in zijn dienst losgelaten. Ze waren allemaal min of meer van Adams morele toestand, aangezien ze allemaal wisten wat voor soort zaken hun werkgever deed.

Swan, die niet had verwacht Adam zo snel te zien, begroette hem en zei:

'Hoe gaat het in godsnaam met je hier, als je maar vier dagen weg bent geweest? Voorlopig is er niets.

"Ik kan het me voorstellen.

"Dus wat is er? Is het dat je het geld al hebt opgemaakt en meer op rekening komt vragen? Daar is het te vroeg voor.

'Nee, maak je geen zorgen, ik heb geen lening nodig. Ik heb genoeg geld om zo lang mogelijk te kunnen wachten.

"Dus waar kom je voor?

"Om zaken met je te doen.

“Nog nieuwe veetips? Nee, voorlopig niet. Ik wil de sheriffs het zoeken moe laten worden en ik koop zeker een maand geen enkele hoorn.

'Het gaat om iets belangrijkers dan dat allemaal, Swan, en ik hoop dat je naar me wilt luisteren en een beetje wilt nadenken over het voorstel dat ik je kom doen. Ik praat met jou over de kwestie voordat iemand anders het doet, omdat het een plicht is om dat te doen, omdat je me hebt geholpen om vooruit te komen, maar als je niet echt geïnteresseerd bent, zal er niets verloren gaan, want wat ik kom aanbieden jou en voor de prijs die ik je ga geven, heb ik tientallen mannen die het willen kopen.

"Hmm ...! Sinds wanneer heb je iets te verkopen dat jouw eigendom is?

"Sinds twee dagen geleden.

"Nou, laten we eens kijken wat het is, aangezien je me verzekert dat het me zo interesseert, en laten we eens kijken hoe we je eigendom kunnen rechtvaardigen.

"Dit wordt gerechtvaardigd door documenten die niemand kan betwisten.

"Nou, ga je gang, spreekt.

“Je hebt een enorm probleem voor ogen, namelijk dat je een geschikte plek kunt hebben om de bundels die je koopt op te halen zonder dat iemand erin kan snuffelen en je de nodige gemoedsrust kan geven om te kunnen wachten op de meest productieve gelegenheden om het vee te verkopen.

"Nou, ik kom je die plek aanbieden en niet alleen dat, maar een hele kleine stad, met honderd kolonisten erin, zonder het verworven recht te hebben om zichzelf als eigenaren te beschouwen, aangezien ze niet de moeite namen om het onroerend goed in te schrijven in gepaste tijd.

“Ik bied je die stad aan met zijn honderd percelen waarvan je huurinkomsten kunt eisen, of de aankoop ervan als je wilt, en bovendien een groot stuk weiland in de buurt van de stad, waar je een boerderij kunt bouwen die dient als dekmantel. voor uw bedrijf. Het is een prachtige plek, aan de oever van een rivier en weg van alle bekende routes. Het heeft het voordeel dat u binnenkort, wanneer de spoorlijn opengaat, deze twintig mijl verderop zult hebben, wat het verkeer van vee zal vergemakkelijken en door dingen te doen zoals de duivel beveelt, zult u in de ogen van iedereen doorgaan als een eerlijke handelaar in vee, want degene die je precies naast een stad bevindt die door honderd kolonisten wordt bezet, zal je beschermen.

"Een mooi uitzicht", antwoordde Swan, geïntrigeerd door Adams woorden. Waar bevindt zich dit paradijs dat u mij aanbiedt?

“Ik heb er geen probleem mee om het je te vertellen, want het is zo veilig in mijn handen dat niemand het van mij kan afnemen. De stad heeft al een naam, Abilene, en ligt aan de oevers van Smoky Hill, ongeveer twintig mijl van Victoria, de dichtstbijzijnde plaats waar de "Union Pacific" zal circuleren. De kleine vallei ligt ingeklemd tussen twee depressies in het terrein, die het beschermen en gemeenschappelijke routes afsnijden; dat wil zeggen, het is geen plaats van doorvoer als het niet wordt gezocht.

“En om u te overtuigen, hier is een kaart van de vallei, de plaats die wordt ingenomen door de stad, waar de percelen zich bevinden, met de namen van de kolonisten en het stuk weide waar u de ranch kunt bouwen en het vee onder dekking kunt hebben van blikken. indiscreet. Voor de kolonisten ben jij de absolute eigenaar van de vallei en een fatsoenlijke veeboer die handelt in vee.

Swan bekeek de plannen zorgvuldig en zei toen:

'Niet slecht. Nu ga je me de rest uitleggen.

'De rest, wat is er?

“Hoe is dit in jouw handen gekomen en hoe kun je bewijzen dat het van jou is en kun je het verkopen.

“Hoe het in mijn handen kwam, interesseert me niet. Als je vee koopt van veedieven, vraag je ze niet waar ze het vandaan hebben; Je koopt ze omdat ze je interesseren en de rest telt niet mee. Wanneer je ze verkoopt, weten degenen die ze kopen dat ze niet eerlijk zijn verworven, maar aangezien ze verdienen met de aankoop, verwerven ze ze zonder meer vragen te stellen en dit is mijn geval.

“Wat betreft mijn recht om het aan iemand aan te bieden, het is hier heel duidelijk. Dit is het landeigendomsregister met alles wat het bevat en u kent de documenten goed genoeg om te weten dat het legaal is en dat niemand het kan aanvechten.

Swan, steeds meer geïntrigeerd, bestudeerde de documenten en was overtuigd van hun wettigheid, zei hij;

"Waarom maak je er geen misbruik van?

"Om twee redenen. Een, omdat ik geld nodig zou hebben dat ik daar niet hoef te regelen; en een andere, omdat... het beter is dat het, eenmaal verkocht, verdwijnt. Het kan zijn dat iemand het er niet mee eens is dat hij nodig is om een huur te betalen waarvan zij denken dat het van hen is en proberen regelingen te treffen om duidelijk te maken waarom het land op mijn naam staat. Ik zou haast hebben om uitleg te geven en het past niet bij mij. Maar legaal verkocht en u bent een koper , niet degene die het onroerend goed heeft geregistreerd, niemand kan u om rekeningen vragen. U hebt het legaal gekocht van degene die juridische documenten heeft gepresenteerd om het te verkopen en u weet niet meer.

“In feite zou deze goedkeuring je beschermen tegen die verklaringen die je blijkbaar niet zou kunnen geven. De persoon die verantwoordelijk is voor het register zou u zijn en ik zou niets over hem weten, aangezien ik, wanneer ik het land zou kopen, het zou doen met onweerlegbare documenten in het zicht, maar u zult me niet ontkennen dat ik op dit moment zou erg belegerd zijn om mijn tijd uitleg te geven over hoe ik het heb verkregen en aan wie.

“Voor wie is duidelijk, want mijn naam staat op het kentekenbewijs. Met te zeggen dat ik het je heb aangeboden, je hebt het bestudeerd, het leek je goed en je hebt het gekocht, de zaken waren gesloten. Je hoefde niet te weten hoe het bij mij kwam.

'Later, als ze geïnteresseerd zijn, laat ze me dan zoeken. Ik zal van hier verdwijnen, heel ver marcherend, en de voldongen feiten zijn degenen die tellen.

“Inderdaad, maar denk dat tenminste totdat het tij kalmeert en die mensen zich moeten neerleggen in de wetenschap dat de eigenaren van de percelen niet zij zijn, maar ik, ze mij in toom zullen houden en ik niet in staat zal zijn om mezelf met rust voor mijn bedrijf.

“Dat kan een maand of hooguit twee duren. Wanneer al hun inspanningen zijn uitgeput en ze ervan overtuigd zijn dat niets een oplossing voor hen heeft, zullen ze moeten aftreden en het met je eens zijn.Je kunt grootmoedig tegen ze zijn, bevestigen dat je te goeder trouw hebt gekocht, dat je niets weet over de achtergrond van de zaak en dat u bereid bent ze verder te laten gaan met hun complotten. Ze zullen eindigen met je te bedanken voor je gedrag en alles zal terugkeren naar de meest volledige rust. Wat u tijdens deze periode verliest aan inkomsten in een bedrijf, compenseert u met de huur die u van de percelen krijgt of de verkoop ervan als het u uitkomt. Begin geen Chinezen op het pad te zetten, want het pad is heel duidelijk.

“Nou, het is mogelijk, maar ik zal het moeten bestuderen. Wat vraagt u voor de overdracht van deze rechten?

"Tienduizend dollar.

“Lijkt dat niet veel geld voor de complicaties die de aankoop met zich mee kan brengen?

“De complicaties zijn minimaal, de winst is zeer winstgevend en als ik dit in werkelijkheid niet via een enigszins kromme weg in handen had gekregen en ik de echte ontdekker van het land zou zijn geweest, zou ik het geen twee keer verkopen. Ik moet verliezen en winnen, juist omdat ik de enige zou zijn die dit niet zonder moeite zou kunnen exploiteren.

“Tienduizend dollar is onzin voor wat het waard is en als het je niet past, laat je het en ga ik op zoek naar een andere koper, maar ik waarschuw je om niet te denken aan het verminderen van een enkele dollar, want ik zal het niet toegeven. Ik heb op mijn rekeningen gestort en dat is het geld dat ik nodig heb.

"Het is oké, Adam. Ik zou graag iets willen weten over hoe je dit pokerspel hebt gedaan met alle azen in je voordeel.

“Ik herhaal dat dit mijn ding is. Je studeert of je het accepteert of niet en ik geef je de tijd tot morgen om deze tijd om te antwoorden.

'Ik ga het bestuderen en morgen zien we elkaar weer. Het ding is nog steeds niet erg duidelijk en ik moet de voor- en nadelen afwegen.

Swan nam die vierentwintig uur om de stelling grondig te bestuderen. Het feit dat Adam geen details had willen geven over hoe hij die plannen had gegrepen en hoe hij het land in zijn naam had kunnen doorzoeken, had het vermoeden dat de gebruikte procedures niet erg orthodox waren geweest. Misschien had iemand die het register ging controleren met zijn leven betaald voor de gevolgen van een dergelijke vertrouwelijkheid en dan was het begrijpelijk dat degenen die hun vertegenwoordiger de mislukte missie hadden toevertrouwd om het register te verifiëren, allerlei stappen om de plundering op te ruimen. Maar dit heeft hem uiteindelijk niet geraakt. Als hij de vallei legaal voor een notaris heeft verkregen en het registratieblad dat Adam als wettig eigenaar heeft erkend, aan de akte is gehecht, om hem te zoeken en hem om een verklaring van zijn prestaties te vragen. Hij zou vrij zijn van alle verdenking, aangezien hij "te goeder trouw" zou kopen wat ze hem met betrouwbare documenten aanboden.

En omdat hij begreep dat de zaak fantastisch was, accepteerde hij. Hij wist dat hij vele dialectische gevechten met de kolonisten zou moeten voeren totdat hij ze terugbracht tot de realiteit van de situatie en de rest hem niet meer deed.

Als alles gekalmeerd was, zou hij de ranch bouwen en het zou daar zijn waar de verworven bundels een legale toevluchtsoord zouden vinden, iets dat tot dat moment onmogelijk te verkrijgen was.

Wat de tijd hem later zou brengen, hij zou zien hoe hij het doorstond.

HOOFDSTUK IV

EEN INQUETING AFWEZIGHEID

Bij afwezigheid van Victor, die de sterke man van de stad was, die kleine conflicten oploste en altijd klaar stond om iedereen te helpen die het nodig had, was een van de twee kolonisten die met Bird waren aangesteld, in de plaats gekomen van hem om elke controverse te regelen die zou kunnen ontstaan. ontstaan tussen de gevestigde. Dit was Leslie Simpson, een stevige boer van in de dertig, hard om te werken, scherpzinnig om "problemen" op te lossen die soms opkwamen en die anderen, lager opgeleid, niet wisten op te lossen en een dynamische en vriendelijke man, die allemaal gewaardeerd werd voor zijn uitstekende humane omstandigheden.

Leslie zou in Kentucky zijn gebleven waar het helemaal niet slecht met hem ging, als Valentine Marqueand, een andere kolonist die minder fortuinlijk was dan hijzelf, niet had besloten het avontuur aan te gaan van het zoeken naar onbekende landen, in een logisch verlangen om een ellendig leven te overwinnen dat al een tijdje aanslepen. weer.

Dat Valentine persoonlijk had besloten dat zoiets niet veel uitmaakte voor Leslie, maar het gebeurde zo dat, toen Valentine wegging, hij zijn dochter Margaret meenam, en dit deed Leslie wel, want hij was verliefd op het meisje. en zijn doel was om met haar te trouwen als de omstandigheden het toestonden.

Margaret hield van de kolonist, maar ze kon niet toestaan dat haar vader het avontuur alleen zou beleven. Het was het enige wat de oude kolonist in de wereld had en het was zijn plicht om over hem te waken.

Leslie had Margarets vader aangeboden hem in zijn kleine landgoed op te nemen toen hij met zijn dochter trouwde, maar Valentine was trots te weten dat hij nog steeds voor zichzelf kon zorgen. Hij wilde meer dan de ellende waarvan hij genoot, niet voor zichzelf maar voor zijn dochter.

Leslie's redenering om hem te overtuigen haar aanbod te accepteren, was nutteloos. De koppige oude man verwierp het en zei:

“Ik ben erg blij dat mijn dochter met je trouwt en aan je zijde blijft, ik weet dat jullie echt van elkaar houden en dat ze blij met je zal zijn, daarom kun je het doen en zal ik het avontuur aangaan om te zien wat ik krijg. Het is in mijn hoofd opgekomen dat ik richting het westen van Kansas een productieve hoek kan vinden om mijn dagen af te sluiten, wat ik hier niet heb bereikt, en ik kan het zelf proberen.

Margaret, gekweld, vocht fel om het welzijn van de drie te harmoniseren. Hij zag zichzelf tussen een rots en een harde plek, tussen twee verschillende liefdes, maar de een even diep als de ander. Ze kon Leslie's genegenheid niet afzweren, maar haar plicht als dochter stond haar ook niet toe haar vader in de steek te laten in dat avontuur waarvan niemand wist hoe het zou eindigen.

De enige oplossing die de oude kolonist vond was er een en hij stelde het voor:

"Omdat mijn dochter me niet in de steek wil laten en het niet eerlijk is dat ze afstand doet van haar toekomstige geluk, stel ik je iets voor. Zij en ik vertrokken naar het westen van Kansas. Als ik iets veel beters vind dan wat jij en ik hebben, zal ik je adviseren om dit weg te doen en bij ons te komen regelen. Je kunt daar trouwen en we zullen allemaal beter leven dan we tot nu toe hebben geleefd, want hoewel je een wat betere positie hebt dan de mijne, is het niet zo helder dat het je beschut tegen zorgen. Je weet heel goed dat een slechte eenjarige oogst je vele seizoenen in een benarde positie zou brengen.

En als ik faal en dat is niet beter dan dit, dan beloof ik hier terug te komen en op te geven iets anders te zijn dan ik ben. Ik neem een jaar om de test te proberen,

De oplossing was relatief acceptabel, maar het paste ook niet bij Leslie. Hij wist wat het betekende voor een oude man, ook al was hij nog sterk, en voor een meisje als Margaret, het onbekende van die reis door landen die nog steeds ontelbare gevaren boden en hij kon haar niet overlaten aan de genade van haar vaders verminderde kracht
.

En hij koos voor een tussenoplossing. Hij zou zijn eigendom verkopen, al het geld dat hij kon verdienen gebruiken om een goede wagen uit te rusten, en met Valentine en zijn dochter hetzelfde lot tegemoet gaan. Wat van hen was, zou van hem zijn, en wie weet of de oude man gelijk had en uiteindelijk zouden ze iets nuttigers vinden voor iedereen in die landen, nog bijna maagdelijk in vele kilometers uitgestrektheid.

Margaret was opgelucht door de beslissing van haar vriend. Op die manier zouden ze niet scheiden en genieten van de emoties van iets dat haar volkomen onbekend was, aangezien ze nooit de grenzen had verlaten van de plaats waar ze was geboren.

Hij verkocht snel zijn land. Het was geen kapitaal dat ze voor hen kregen, maar het was voldoende om twee wagens te charteren, ze te laden met voedsel en wat huisdieren zoals verschillende kippen, een geit en een varken en om de reis met grote stress te kunnen ondernemen. Ze hadden nog wat geld over om in de toekomst wat benodigdheden te kopen.

Leslie, die nog nooit in een caravan was verschenen, was bijna een expert van de prairies, tot het punt dat de oude Bird niet alleen erg op hem gesteld werd, maar hem ook veel essentiële missies toevertrouwde om het succes van de campagne beter te verzekeren. . bedrijf.

Leslie had haar paard gehouden, een behoorlijk goed en stoer dier; Daarin deed hij ontdekkingen voor de karavaan, om het terrein te exploiteren en ervoor te zorgen dat de weg geen onoverkomelijke obstakels opleverde.

En hij was degene die op een middag een kleine groep Indianen ontdekte die, in een hinderlaag gelokt op de top van een heuvel, aandachtig de mars van de karren volgden, met de bedoeling erop te vallen wanneer ze kampeerden en de buit in beslag namen.

Zijn scherpe blik had bepaalde lichtgevende reflecties ontdekt die vanaf de top van de heuvel begonnen; ze waren alsof een kind aan het spelen was met een stuk spiegel dat in de zon was geplaatst, om de lichtstraal van een afstand te sturen.

Toen hij Victor op de hoogte bracht van de ontdekking, vertaalde de karavaan onmiddellijk in de realiteit wat die tekens betekenden. Een Indiase spion communiceerde met andere verborgen metgezellen onder de heuvel om hen te informeren over wat hij zag.

De karavaan werd niet gestoord, integendeel, sereen en hard, hij liep voor de wagens uit totdat hij een geschikte plek had gevonden om te kamperen. Hij deed het naast een bank die hen van achteren zou beschermen, terwijl de karren op strikte volgorde een compact wiel vormden met het vee erin, om hen te beschermen tegen de pijlen van de Indianen, terwijl de mannen van de karavaan posities innamen in de karren en zelfs onder hen, geweren in de aanslag en munitie binnen handbereik.

Het was een nerveuze nacht voor iedereen, vooral de vrouwen, die de wagens niet mochten bezetten. In de opening die de cirkel vormde, spreidden ze hun plunjezakken uit en daar brachten ze de nacht door onder dekking van de onvoorziene omstandigheden die zich zouden kunnen voordoen.

Maar het was bijna ochtend en er was niets gebeurd. Sommige emigranten begonnen de dreiging van de Indianen in twijfel te trekken. Als dat waar was, hadden ze tijd gehad om hen aan te vallen sinds Leslie de tekens had ontdekt.

Maar Victor gaf streng aan:

“Als je twaalf jaar lang met wagens over de prairie rijdt, leer je veel dingen die je niet weet. Ze hebben ons niet aangevallen omdat de Indianen het alleen doen in de schemering of zonsopgang, maar nooit in volledige duisternis, tenzij ze heel zeker zijn van succes.

“Wees daarom niet te zelfverzekerd, want we weten niet hoeveel vijanden ons kunnen aanvallen. Denk aan de jouwe die je alleen kunt beschermen en als het nodig is, verbrand je handen met de loop van de geweren, maar stop niet met venijnig schieten.

Victors waarschuwingen waren niet zijn fantasieën geweest, want het daglicht begon net, een indrukwekkende schreeuw verscheurde de stilte die in de wei heerste en een koor van keelklanken was de echo van de schreeuw.

Uit het hoge gras kwamen, als slangen die uit de grond rijzen, maar liefst twee dozijn beschilderde indianen tevoorschijn, halfnaakt, met zeer hoge bogen versierd met veren in verschillende kleuren. Scherpe bijlen werden om hun middel gedragen in riemen van buffelhuid, en in hun handen de ruwe en zware bogen, met reservepijlen op hun rug in kokers geweven van stroken lianen.

Een regen van pijlen viel op de huifkarren en sloeg ze vast met een sinister zwaaien, maar de karavaanders, die de instructies van de gids opvolgden, lieten hun geweren werken zonder zichzelf een pauze te geven en een gordijn van projectielen veegde het hele front bezet door de Indianen, die allemaal renden probeerden ze de auto's te bereiken om ze naar de aanval te brengen.

De vergelding van de emigranten was tragisch. Hoewel ze niet allemaal bekwame schutters waren en anderen er niet in slaagden hun polsslag kalm te houden om het doelwit te bepalen, omdat het gevechtsfront beperkt was, bereikten de projectielen dodelijk de massa wilden en begonnen ze te vallen, doorzeefd met kogels, zonder geef ze de tijd om te doden. de wagons bereiken.

De mortaliteit die in een paar minuten werd geleden, dwong hen te aarzelen en zich terug te trekken, zonder te stoppen met vuren, terwijl nog een dozijn Indianen die in de achterhoede waren gebleven. Misschien zorgden ze voor de paarden en kwamen ze hun metgezellen te hulp, maar toen ze al snel begrepen dat de poging zinloos was, omdat de karavaan gevoed was en bestond uit stoere mannen, klaar om te sterven, haastten ze zich om de gevallen , ze door het gras te slepen om ze op de paarden te berijden en te ontsnappen met de bloedige lading.

Zelden liet een Indiaan het lichaam van een metgezel in de steek; ze riskeerden hun leven om zijn lijk te redden en gaven niet op totdat ze dat deden.

Toen de laatste gevallenen waren verzameld en de operatie beschermden, begonnen degenen die nog overeind stonden te ontsnappen en Leslie, geschoten door het gevecht, schreeuwde:

"Voor hen...! We moeten een einde maken aan die horde!

Woedend tilde hij een van de karren op om plaats te maken en sprong op zijn paard dat naast hem lag, lanceerde hij zichzelf achter de vluchtelingen aan, in de overtuiging dat de andere karavanen die rijdieren hadden hem zouden imiteren, maar Victor beval met luid geschreeuw dat niemand zulke waanzin begaan, omdat sommigen in een hinderlaag zouden kunnen vallen.

Maar het bericht voor Leslie was laat. Laatstgenoemde was eerst achter de Roodhuiden aan geschoten en achtervolgde hen op afstand.

Maar toen hij zijn hoofd omdraaide en zag dat niemand hem volgde, aarzelde hij en besloot zich terug te trekken.

Maar op dat moment ontdekte hij een Indiaan die, toen zijn paard tegen een aantal stenen struikelde, hem van een afstand bij het hoofd had gegooid, terwijl het paardje opstond en zijn snelle race voortzette.

De Indiaan klauterde op de grond op zoek naar de boog die uit zijn greep was geglipt, maar Leslie, die zich realiseerde dat de wilde een gemakkelijke prooi voor hem was, hief zijn geweer en vuurde.

De indiaan draaide zich meerdere keren op de grond en zat grotesk ineengedoken. Leslie kwam naar voren met het paard en, zich realiserend dat de wilde stervende was, sprong van zijn rijdier, wierp zich op de pijl en boog, scheurde de bijl van zijn middel en keerde snel terug naar het kamp. Toen verschillende kolonisten, onder leiding van Victor, een hulpcolonne hadden georganiseerd, uit angst dat de dappere emigrant het slachtoffer was geworden van hun impuls. De vreugde van iedereen was enorm toen ze hem weer zagen verschijnen met de trofeeën die ze tegen zo weinig kosten hadden gewonnen.

Victor werd echter boos op hem en zei:

“Hij is roekeloos geweest en het kan hem zijn haar kosten. De Indianen simuleren gewoonlijk retraites om hun vijanden toe te vertrouwen en aan te trekken waar alle voordelen aan hun kant zijn.

Leslie verontschuldigde zich.

'Ik dacht dat de anderen me zouden volgen. Als ik het niet wist, was ik niet achter ze aan gerend.

“Toen ik het me realiseerde en op het punt stond om te draaien, viel een wilde van zijn paard op de grond. Dus besloot ik hem neer te schieten en toen ik zag dat hij dodelijk gewond was, sprong ik op de grond en greep zijn wapens.

En hij toonde haar trots op haar prestatie.

'Je mist het haar van de indiaan, Leslie,' merkte er een op.

“Ik ben niet zo woest als zij om iemand te scalperen. Laat haar naar de hel gaan met haar boog en veren.

Toen ze terugkeerden naar de wagens, hekelde Margaret, heel bang, Leslie voor zijn roekeloosheid, maar Leslie probeerde de zaak te bagatelliseren. Het was een symbolische vervolging geweest en als het waar was dat hij die trofeeën kon krijgen, dan was dat omdat het lot het zo had geregeld.

Dit was het gevaarlijkste avontuur geweest dat ze tijdens de reis hadden ondernomen, want ze werden niet meer gestoord door de Roodhuiden.

Leslie had die trofeeën liefdevol bewaard en toen ze haar hut bouwde, waren de pijl en boog aan de muur genageld, terwijl haar scherpe bijl altijd aan haar middel aan de andere kant van haar Colt hing.

Het was een zeer nuttig wapen omdat het hanteerbaar en bedreigend was, omdat de rand een tak in de lucht sneed.

Deze dappere karavaan was een van de meest prominente in de stad geweest en iedereen waardeerde en respecteerde hem omdat ze hem ook kenden als een dapper man, een gulle en behulpzame man, altijd klaar om mensen in nood te helpen.

Om deze reden was hij gekozen om samen met Victor en een andere zeer bekwame kolonist in de kunst van het jagen op dieren de stad te besturen. Met z'n drieën vormden ze een zeer uitgebreide veiligheidscommissie.

Toen Bird afwezig was, nam Leslie de verantwoordelijkheid op zich om voor de orde te zorgen en te voorzien in onvoorziene behoeften, maar het leven in het dorp bleef zich gedwee ontwikkelen, zonder wrijving of incidenten die ernstige interventie vereisten.

Leslie was een van degenen die hielpen bij het verzorgen van de oogst van de voormalige karavaan en hij zou helemaal niet merken dat hij afwezig was op zijn eigendom.

'S Middags, toen het werk gedaan was en de kolonisten hun velden verlieten om elkaar in het dorp te ontmoeten, maakte Leslie gebruik van de tijd om op een steen te zitten bij de deur van de hut die ze voor Margaret en haar vader hadden gebouwd en daar praatten ze en wisselden indrukken uit over de toekomst.

Er waren twee jaar verstreken sinds ze in de nieuwe stad waren aangekomen en de bruiloft werd steeds langer, zonder dat er blijkbaar dingen waren geregeld om het huwelijk tot zegen te zijn. De stad had nog geen kerk en de afstand die hen scheidde van andere steden was groot.

"Hoeveel denk je dat in staat zullen zijn om op te lossen wat er ontbreekt, zodat we eindelijk kunnen trouwen? vroeg Margaret.

'Ik denk niet dat het lang meer zal duren, lieverd,' zei hij glimlachend. We hebben daar al met Victor over gesproken en we hebben afgesproken dat wanneer hij terugkeert uit Hutchinson en onze eigendommen verzekerd zijn, we samen een kerkje zullen bouwen en we zullen zien hoe we een pastoor kunnen brengen die hier geestelijk voor zorgt. We hebben tarwe opgeslagen van de vorige oogst en als we de huidige oogsten, zal er genoeg zijn om een verkenningstocht te maken waarmee we onze producten kunnen plaatsen en geld hebben om dingen te kopen die zeer noodzakelijk zijn. Als onze bruiloft de eerste is die in deze stad wordt gehouden, wil ik dat iedereen er met liefde aan terugdenkt. Wie het slechtste heeft doorstaan, mag hopen het minst slechte te halen.

“Victor heeft ongeveer vijftien dagen berekend tussen gaan en terugkomen en alles opgelost achterlaten. Als ik terugkom, zullen we enkele zaken bespreken die de moeite waard zijn en als alles gaat zoals het nu is, vertrouw ik erop dat we kunnen trouwen als we de oogst binnenhalen. Je ziet dat het niet lang meer duurt.

Toen het einde van de tweede week verstreek, de datum waarop de voormalige karavaan terug zou zijn, keek iedereen naar de oever van de rivier waar ze hem elk moment verwachtten te zien verschijnen, met de kar geladen met artikelen waarvan velen essentieel waren .

Maar de ene dag en de andere, enzovoort, gingen er zes voorbij, zonder dat Victor enig teken van leven vertoonde, en de kolonisten begonnen gealarmeerd te worden en allerlei gissingen te maken om deze alarmerende vertraging te verklaren.

Geconfronteerd met de ongebruikelijkheid van de zaak, ontmoetten alle mannen van de stad elkaar op de eerste zondag op het plein, bijeengeroepen door Leslie. De situatie was heel vreemd en het was noodzakelijk om een besluit te nemen.

De kolonist nam het woord en zei:

“Dit is nogal vreemd en ik kan van mijn kant geen juiste verklaring vinden.

“De berekeningen van Bird waren goed gedaan. Hij zou vijf dagen aan de reis besteden, maar verlengde voor elke dag een extra datum, in afwachting van onvoorziene vertragingen.

“Aangenomen dat de dubbele reis twaalf dagen zou kosten, laten we er één plaatsen om de registratie te verifiëren en twee om alle bestellingen binnen te halen. De data toegevoegd, dit zijn de voorziene vijftien dagen.

“Maar er zijn er nog zes doorgegeven en dit is nu al alarmerend.

“Niemand kan twijfelen aan Birds eerlijkheid: ten eerste omdat hij het heeft laten zien; ten tweede, omdat de waarde van wat je hier nog hebt veel hoger is dan het geld dat we je geven voor aankopen, daarom moet een desertie van jou resoluut worden weggegooid.

“En als we dit elimineren, hebben we alleen het verontrustende vermoeden dat hij een ongeluk heeft gehad, of misschien een overval op de weg om hem te beroven van wat hij bestuurde.

“Dit is overweldigend, ten eerste omdat het leven van onze partner meer waard is dan alles wat hij kan dragen en ten tweede omdat we ons zorgen maken, niet alleen over wat er met hem is gebeurd, maar ook hoe en wanneer.

"Als het bij de terugkeer is geweest, lijdt het geen twijfel dat hij de gegevens wettelijk heeft geverifieerd en dat we ons er geen zorgen over hoeven te maken, maar als het ongeval of de aanval eerder is voltrokken, welke situatie is dan de onze en waar zijn zij onze eigendommen?

“Tot nu toe weet niemand hiervan en was er geen angst voor wat er met het onroerend goed zou kunnen gebeuren; Maar we mogen niet vergeten dat hij de plannen en alle benodigde documentatie bij zich had om de registratie te verifiëren en dat als al deze gegevens in gewetenloze handen waren gevallen, iemand ons voor zou kunnen zijn en alles op zijn naam zou kunnen registreren, ons overlatend aan de genade van de prooi van elke bastaard.

En dit is wat ons zou moeten bezighouden. Dit zijn twee verontrustende dingen, zowel wat betreft het leven van Bird als onze eigendommen.

“En ik vraag iedereen, wat kan en moet worden gedaan om te verduidelijken wat er is gebeurd?

Iemand kwam naar voren om te zeggen:

'We denken dat het duidelijk is, Leslie. Iemand moet naar Hutchinson gaan om uit te zoeken wat er is gebeurd en om te zien wat er met Bird is gebeurd en wat er met het dossier is gebeurd.

"Ja, dat lijkt me het juiste om te doen.

“Maar de vraag is wie er gaat.

“Dat is wat ik vraag, wie gaat er heen.

"De missie is netelig, we begrijpen het", vervolgde degene die was gekomen om te spreken, "maar aangezien Bird afwezig is, geloven we dat niemand beter geschikt is dan u om die missie uit te voeren.

'Je bewijst me een grote eer door me aan te wijzen als de meest geschikte, maar we moeten niet alleen rekening houden met het gevaar dat we lopen als er gevaar dreigt, want dat schrikt me niet erg af, maar ook met mijn interesses en andere meer intieme dingen. Ik zou mijn land in de steek moeten laten in een tijd dat er meer voor gezorgd moet worden en ik moet denken dat ik hier een vrouw moet achterlaten die drie jaar heeft doorgebracht met het van dag tot dag aftellen tot we gaan trouwen en dat als me onvermijdelijk iets zou overkomen, zou het aan zijn lot worden overgelaten. Het is niet voor mij, maar voor haar waar ik bang voor ben.

'Het is waar, maar... Margaret is niet alleen, want ze heeft haar vader. We kunnen zweren dat we voor onbepaalde tijd voor uw gewassen zullen zorgen, als u iets overkomt waarmee u niet in de steek wordt gelaten. Het is waar dat hij je kan verliezen, wat met niets zou worden betaald, maar denk aan de situatie. Als iemand misbruik maakt van een ongeval van Bird en de documentatie in beslag neemt om dit op zijn naam, u, ons, uw verloofde en uw toekomstige schoonvader te registreren, zouden we in een slechtere situatie verkeren dan toen we hier aankwamen en leven want alles zou de hel zijn. Ze zouden ons hier legaal uit kunnen gooien, en wat zouden we dan doen, alles achterlaten wat ons veel zweet heeft gekost om op te tillen?

'Ik weet dat u reden zult hebben om te zeggen dat wat we van u vragen, we aan iedereen met hetzelfde recht kunnen vragen, maar we zijn niet allemaal geldig voor bepaalde missies. Het graven van de aarde, het water geven, het oogsten van de stekels en het verzamelen ervan kan door iedereen worden gedaan, hoe weinig licht ze ook hebben, het oplossen van bepaalde zaken die een bepaalde illustratie en een passend karakter vereisen om dit te bereiken, is niet voor iedereen beschikbaar. Als het een kwestie was van op zoek gaan naar iemand die vastbesloten is de revolver op zijn borst te zetten en hem neer te schieten, dan zou ik mezelf meteen aanbieden, want ik heb genoeg moed om dat te doen.

Leslie zweeg. De redenering van de kolonist was niet zonder logica. De zaak kon dramatisch gecompliceerd zijn en niet iedereen had de juiste omstandigheden om te proberen het op te lossen.

En aangezien zijn instinct om zijn erfgoed te bewaren sterker was dan zijn persoonlijke angst, nam hij een beslissende beslissing, aangezien hij peilde wat het zou kunnen betekenen voor zijn toekomst als zijn eigendom zou worden ontnomen. Hij zou zo'n missie op zich nemen en dat geluk zou over hem waken.

"Ok" zei hij. Ik zal het offer brengen voor iedereen, maar ik hoop dat een ieder van jullie loyaal zal zijn aan de belofte en dat je tijdens mijn afwezigheid zowel mijn belangen als die van jezelf zult behartigen. Wat de toekomst betreft, als mij iets onherstelbaars overkomt, vertrouw ik er ook op dat mijn verloofde en mijn toekomstige schoonvader niet in de steek zullen worden gelaten.

“We zweren plechtig dat dit niet zal gebeuren. We zijn het er allemaal over eens?

De kolonisten zwoeren met opgeheven armen hun belofte na te komen en Leslie ging op pad om de reis naar Hutchinson te ondernemen, om te onderzoeken wat er met Bird had kunnen gebeuren en in welke staat het register van zijn eigendommen was.

Margaret schreeuwde naar de hemel toen ze hoorde van de beslissing van haar verloofde, maar hij was standvastig in haar, antwoordde:

“Hij denkt dat Bird hetzelfde deed voor iedereen en dat als hij gefaald heeft in zijn poging, en zelfs iets onherstelbaars heeft geleden, iemand in zijn voetsporen moet treden en deze zaak moet oplossen. Als iets voor zo'n man gedaan kan worden, moet je het proberen. Aan de andere kant, bedenk eens wat er van ons zou worden als we onze armen over elkaar zouden slaan en iemand genadig zouden laten grijpen wat helemaal van ons is. Ik kon niet leven met de angst om niet te weten of ik op mijn eigen land stap of in bruikleen ben en ze me hier elk moment kunnen weggooien als een usurpator.

"Ik geloof dat Bird gewoon een ongeluk heeft gehad, maar we moeten proberen het op te helderen en tegelijkertijd te verduidelijken of het voor of na het verifiëren van het record was.

“Ik zal niet met een wagen reizen zoals hij, maar te paard. Dit heeft twee voordelen; één, dat de kar geen roofzuchtige verlangens zal opwekken omdat hij niet bestaat; een ander, dat ik te paard vrijer kan bewegen en zelfs de reis in minder tijd kan maken dan Bird.

“Natuurlijk zal de tijd die je tijdens de reis wint verloren gaan in pogingen om erachter te komen wat er is gebeurd, maar het zal geen tijdverspilling zijn, integendeel.

“Ik zal proviand meenemen voor de reis en aangezien ik nog wat geld over heb, zal ik het meenemen voor de kosten die ik tijdens mijn verblijf daar kan hebben. Ik hoop dat ik genoeg heb om een mooie armband te kopen die je kunt dragen op de dag dat we gaan trouwen.

Margaret moest zich neerleggen bij het laten gaan van haar verloofde en hij vertrok de volgende ochtend. De kolonist, gegrepen door vreemde voorgevoelens, reisde in kwelling, denkend aan de energieke Vogel. Hij zou met heel zijn ziel spijt hebben dat er iets onherstelbaars was gebeurd met de oude voormalige karavaan, alleen maar om de belangen van zijn metgezellen te legaliseren.

HOOFDSTUK V

LESLIE KRIJGT EEN VERRASSING

Moe, extreem vermoeid en somber bereikte Leslie Hutchinson in de geplande vijf dagen. Hij had dagelijkse ritten van ongeveer vijfentwintig mijl gemaakt om tijd te winnen voor het geval deze winst hem van enig nut zou kunnen zijn.

Hij arriveerde in het midden van de middag en aangezien de griffie pas in de ochtend werkte, maakte hij van de tijd gebruik om een welverdiende rust te nemen. Misschien zou het later kantooruren ontbreken om te rusten.

's Morgens, na het ontbijt, verliet hij de herberg en vroeg waar de burgerlijke stand was. Hij kende de stad niet en iemand moest hem begeleiden. Terwijl hij op weg was naar de bestemming, zag hij alles zich voor zijn ogen ontvouwen. Hij had de gewoonte verloren om naar dichtbevolkte en wijdverbreide plaatsen te verhuizen en hij beschouwde zichzelf als een schipbreukeling op zo'n grote plaats.

Bij de deur stopte hij om te mediteren. Volgens zijn berekeningen moet het ongeveer achttien dagen geleden zijn dat Bird het record moest hebben geverifieerd. Omdat het 8 mei was, moest het bezoek op 20 april plaatsvinden. Er was niemand bij het loket van de griffie en toen hij de werknemer naderde, zei hij:

'Neem me niet kwalijk als ik u lastigval, maar de noodzaak dwingt me te informeren of hier aan de oevers van Smoky Hill een bewijs van grondbezit is geverifieerd.

“Vertel me de naam van de persoon die verantwoordelijk is voor het verifiëren van de registratie en de datum van de registratie.

“De datum moest van 20 tot 22 april zijn en de persoon die verantwoordelijk is voor het verifiëren ervan heet Victor Bird, maar niet precies in zijn naam, maar in de naam van een gemeenschap van honderd kolonisten die zich daar hebben gevestigd.

“Hij had een plan met de verdeling van percelen, de namen van de begunstigden en zelfs de naam van de stad genaamd Abilene. Misschien herinnert hij zich deze naam en het feit dat er zoveel kolonisten zijn gevestigd.

'Inderdaad, de naam van die stad klinkt me bekend in de oren, maar wat ik me niet herinner, is dat ik zo'n omvangrijke reeks records heb geverifieerd. Wacht toch en ik zal de boeken raadplegen.

Hij was op zoek naar gegevens over de data die Leslie had gegeven, terwijl deze met zijn hart in zijn vuist gretig de manoeuvres van de griffier volgde. Het feit dat hij zich de naam van het dorp herinnerde, maar niet zoveel namen had geschreven, verontrust hem.

Ten slotte riep de klerk, hem een omvangrijk boek tonend met de geverifieerde documenten, uit:

“Inderdaad, hier is het. De inscriptie is geverifieerd op 21 april om 10:40 's ochtends, de plaats is aangegeven op een bijgevoegde kaart, waar de nederzettingen percelen, de naam van de stad, die u mij hebt gegeven. en een ander detail, zoals een stuk onbenutte prairie dat bestemd is om een ranch te bouwen, maar het register staat niet op naam van die meneer Bird die u aangeeft, noch op die van de kolonisten die zich op het land vestigden. Het record is geverifieerd op naam van Adam Greene, zoals je kunt zien.

Leslie had het gevoel alsof er een enorme berg op zijn hoofd was gevallen, waardoor hij verbijsterd was. Hij zou alles hebben verwacht, behalve die enorme klap die in een geweldige realiteit veranderde, de angst die hij koesterde sinds Bird niet meer kwam opdagen op de geplande datum.

'Wil je zeggen dat... het record is gemaakt op naam van... die persoon alleen en dat de kolonisten die zich in het dorp hebben gevestigd daar helemaal niet worden vermeld?

'Dat klopt, meneer. Hij lijkt erg in de war.

'Gemist is niet het goede woord, meneer. Het is iets diepers dat een vreugdevuur van woede in mijn borst ontsteekt waarvan ik niet weet hoe ik het moet ventileren. Omdat dat record dat je te goeder trouw hebt opgesteld het product is van onuitsprekelijke diefstal en wie weet van een laffe moord. De persoon die verantwoordelijk was voor het verifiëren van het register was degene die ik eerder noemde en niet op zijn naam, maar die van alle kolonisten. Wat hij me vertelt, maakt me bang dat iemand het doel van zijn reis te weten is gekomen en hem op de een of andere manier heeft weten te elimineren door alle plannen te grijpen om het land op zijn naam te registreren en er eigenaar van te worden.

“Maar als dit het geval is, zal hij zijn gezicht moeten laten zien en als hij dat doet, ben ik bang dat hij nog een paar uur te leven heeft om te genieten van het product van zijn prooi.

“En aangezien ik op elk moment kan bewijzen wat ik zeg, zou ik je dankbaar zijn als je me zou kunnen vertellen wat er kan worden gedaan om dat record ongeldig te maken en de zaken in orde te brengen.

'O, je vraagt me iets wat ik onmogelijk acht! Hier wordt vastgelegd wat elk voorstelt, wat rechtvaardigt dat het geregistreerde land bestaat en zich op de aangewezen plaats bevindt. Het register hoeft niet te weten of het echt toebehoort aan degene die wordt aangeboden of aan een ander, aangezien het niet-geregistreerd is, het eigendom is zoals de mijnen, van de eerste die de inscriptie maakt.

“Als, zoals u suggereert, de persoon die verantwoordelijk is voor het verifiëren van dit register werd aangevallen en beroofd of vermoord en de misdaad wordt bewezen en de auteur wordt gevangengenomen en hij bekent, dan worden de autoriteiten geroepen om een uitspraak te doen waarover we bijwonen. Als een rechter oordeelde dat er sprake was van bewezen usurpatie en dat de registratie nietig moest worden verklaard en aan een ander moest worden toegewezen, zouden we ons houden aan de bepalingen van de autoriteit, maar alleen op die manier.

“Dus, als je denkt dat de dingen op een criminele manier zijn gebeurd, meld de zaak dan aan de sheriff, onderzoek, vind het slachtoffer en de usurpator en laat de autoriteit het bijbehorende dossier openen en een uitspraak doen. We kunnen hier niets doen dat gerechtvaardigd is, zonder een hogere orde.

Leslie, reagerend, antwoordde:

"Nou, heel erg bedankt. Ik ben gekomen om deze zaak op te helderen en ik zal niet zonder succes naar het dorp terugkeren, zelfs als ik al het land in Kansas moet verwijderen. De schurk die onze partner Bird heeft geëlimineerd en zich dit heeft toegeëigend, zal geniet niet veel van zijn overval.

En wanhopig verliet hij de burgerlijke stand.

Vanaf dat moment werd er uitputtend gewerkt om duidelijk te maken wat er was gebeurd. Hij moest weten wat er met Bird was gebeurd, hoe zoiets kon gebeuren en bovendien de schurk lokaliseren die door omstandigheden die hem niet bekend waren, had ontdekt wat er aan de oevers van de rivier gebeurde en daar misbruik van had gemaakt. ervan om het terrein op uw naam te doorzoeken.

En aangezien hij begreep dat het eerste wat moest worden gedaan was om de klacht een wettelijke status te geven, niet alleen zodat ze de imitator zouden zoeken, maar ook om iets te weten te komen over de verblijfplaats van de ongelukkige Bird, ging hij naar het kantoor van de sheriff, om de gebeurtenis nu te melden. Dien de klacht in zodat het rad van autoriteit snel begon te draaien.

De sheriff was een dikke man, meer dan middelbare leeftijd, met een rood gezicht, weerbarstig grijs haar en een doornige snor, die de indruk wekte een smalle, ruwe borstel onder zijn neus te hebben gezet.

Maar hij was een gastvrije en vriendelijke man, die in het dorp alom werd geprezen om zijn efficiëntie en scherpzinnigheid.

Hij ontving Leslie met alle hoffelijkheid en hij, na hem om aandacht te hebben gesmeekt voor het lange verhaal dat hij zou gaan doen, gaf de sterman een verslag van de hele odyssee die de emigranten hadden doorgemaakt, totdat hij erin slaagde die stad aan de oevers van Smoky Hill, een stad die, volgens wat hij zojuist had vernomen, zich had toegeëigend door een gewetenloze schurk, door zich alle gegevens toe te eigenen die Bird bij zich had om de registratie te maken.

Toen hij klaar was met zijn verhaal, voegde hij eraan toe:

“Nu denk ik dat wat in de eerste plaats wordt opgelegd is om te informeren wat er met onze collega is gebeurd. Ik ben terecht bang dat hij vermoord moest worden om te voorkomen dat hij in opstand zou komen tegen de plunderingen en de schurk die de papieren stal in gevaar zou brengen. Begrijp dat als het alleen maar een overval was geweest, Bird mee zou doen aan de campagne om de dief te onderscheppen en dat dit allemaal niet is gebeurd. Hij verscheen niet in de stad ondanks het feit dat er een lange tijd verstreken is, en in de griffie is het eerste nieuws dat ze hebben gehad over deze nabootsing al een tijdje geleden via mij.

De sheriff, die met diepe aandacht naar hem had geluisterd, antwoordde:

“Ik geloof ook net als jij dat je partner is vermoord om zijn papieren te stelen en de huiszoeking te kunnen uitvoeren, maar waar en hoe? Voor het bereiken van Hutchinson of daarna?

"Als het eerder was, weet iemand op welke plaats, meer dan honderd mijl van zijn vertrekpunt naar onze stad bemiddeld, en als het hier was ... het is schokkend dat zijn lichaam niet is ontdekt, hoewel het heel goed zou kunnen zijn dat hij het ergens in het wild had verstopt moeilijk te registreren.

“En ik vraag me af wat ik in dit geval kan doen. Er is geen enkel idee om uw partner te lokaliseren en zonder iets tastbaars om op te leunen om te handelen, hoe voer ik een beheer uit?

'Je zou iets kunnen doen en me excuseren als je me toestaat je mijn mening te geven.

"Integendeel. Alle hulp die ik ontvang, zal ik waarderen, omdat ik niet zo verwaand ben dat ik geloof dat wat niet bij mij opkomt, niet bij iemand anders kan opkomen.

“In dat geval zal ik je vertellen dat ik twee uitgangspunten zie.

Laten we eens kijken welke.

'Een daarvan is om erachter te komen wie deze man genaamd Adam Greene is. Het is geen entelechie, je hebt het record geverifieerd en je bent hier geweest, misschien ben je dat nog steeds of kent iemand je. Ik vermoed dat een man met zo'n morele toestand vooral bekend kan zijn in de gokhuizen en huizen van een lage rang. Ze zijn ongewenst die in die omgeving leven, omdat ze zich in een andere omgeving niet op hun gemak zouden voelen.

"Ik kan mijn commissarissen sturen om stappen te ondernemen op die plaatsen die u aangeeft, maar, meneer Simpson, er is iets dat niet in mijn hoofd opkomt en wat u een beetje van streek heeft gemaakt door het nieuws, heeft ongetwijfeld niet opgemerkt.

"Het feit dat?

“Om zeker te weten dat de griffie het deed door middel van een usurpatie van documenten, denk je niet van het domme soort, dat het bezit van het land lijkt te nemen, er zeker van zijnd dat het met spijkers en tanden en zelfs meer zou worden ontvangen, dan door te eisen dat het aantoont. Hoe heb je het dossier kunnen verifiëren, werd je beschuldigd van moord als je je partner vermoordde om zijn papieren te stelen?

'Inderdaad, sheriff, ik heb daar over nagedacht en de waarheid is dat ik het spel niet begrijp. Als het een verlaten land was, zonder door iemand bewoond te worden, zou het voor hem haalbaar zijn om het zonder gevaar in bezit te nemen, maar tegenover honderd opgelichte mannen die erop zouden vallen als hongerige wolven, beschouw ik het als een onuitsprekelijke domheid.

'Of misschien een heel subtiele slimheid, meneer Simpson.

"Waarom?

"Nou ... omdat ik iets kan bedenken dat het kan bewijzen. Als hij geen idioot is, moet hij het gevaar hebben beseft om te vluchten en dus de onmogelijkheid om die landen zonder risico toe te eigenen. In dit geval heb je een perfecte uitlaatklep om dat gevaar van je af te schudden en te vermijden.

"Welke?

“Verkoop het land aan een derde partij, zelfs als het voor een verwaarloosbare waarde is dan het bezit. Verkocht, je zakt het geld in je zak en verdwijnt van het toneel, terwijl je de koper voor je neus achterlaat.

“En als hij dat heeft gedaan, als de verkoop legaal tot stand is gekomen, op basis van het kentekenbewijs, is de verkrijger vrij van alle schuld en kan er niets tegen hem worden gedaan. Hij kocht te goeder trouw en is de wettige eigenaar van de grond, zonder tussen te komen bij de diefstal van de papieren of bij de dood van zijn partner, als hij vermoord werd.

“En in dit geval zal hij alle verantwoordelijkheid van zich afschudden door u te vertellen dat, als er diefstal was, u dit opheldert en degene die het heeft gepleegd vervolgt, aangezien hij legaal heeft gekocht en betaald wat zij vroegen voor de overdracht van die rechten.

Leslie, gespannen, antwoordde:

"Hoe kom je daar achter? Als je toegeeft dat je gelijk hebt, moet elke eigendomsoverdracht teruggaan naar het Register om van eigenaar te veranderen, anders blijft het verkochte eigendom van de verkoper voor juridische doeleinden.

“Het is waar, en vermoedelijk, als je het aan een derde partij hebt gegeven en zij hebben het te goeder trouw gekocht, heb je je gehaast om het land op jouw naam te registreren. We kunnen teruggaan naar het register en informeren of er een verandering van eigenaar heeft plaatsgevonden.

"En als dat zo was, wordt het nog ingewikkelder, omdat niemand je eigendom kan afnemen, tenzij de schurk die de diefstal heeft gepleegd wordt gepakt en hij verklaart hoe de documentatie in zijn handen is gekomen. Alleen dan kon de eerste worden uitgedaagd door de dief tweemaal te vervolgen, omdat hij van u heeft gestolen en de koper heeft opgelicht.

“Zodat we zullen proberen duidelijkheid te scheppen. Vertel me nu wat de andere aanwijzing is die je wilde aanwijzen.

'Nou, zie je, Bird kwam met een kar om wat spullen mee te nemen die hij hier moest kopen. Als de gebeurtenis in Hutchinson heeft plaatsgevonden, moet de wagen ergens zijn achtergelaten en zou daaruit te zien zijn of hij hier was of werd aangevallen voordat hij arriveerde.

'De suggestie lijkt me juist en ik zal er onmiddellijk voor zorgen dat de herbergen in de stad en zelfs de buitenwijken navraag doen, voor het geval ze de verlaten kar vinden. Als we het lokaliseren, zou het een rode draad zijn die ons verder brengt en deze donkere materie verlicht.

'En aangezien ik erg geïnteresseerd was in je verhaal, laten we eens kijken of we de duisternis zo snel mogelijk een beetje kunnen opruimen.

'Wacht even op me terwijl ik mijn commissarissen instrueer om te beginnen met het onderzoeken van de verblijfplaats van de kar. Dan gaan u en ik terug naar het register om te zien of u ons daar meer details kunt geven.

"Ik ben erg dankbaar voor uw interesse, sheriff, en ik dank u niet alleen namens mij, maar namens al mijn collega's, die op dit moment met hun ziel in een draadje nadenken over wat er met Bird zou kunnen gebeuren en waarvoor ze zouden betekenen dat na twee jaar bloed geven op moeder aarde, er een schurk zou komen of wie niet, maar wat dat betreft is het hetzelfde, en berooft hen van wat heel erg van hen is.

“En ik ben erg bang voor wat er kan gebeuren, omdat noch zij, noch ik bereid zijn het slachtoffer te worden van onteigening. Dit zou een tragisch slagveld worden, zoals je je kunt voorstellen wat honderd woedende mannen zouden zijn, klaar om hun land met hand en tand te verdedigen.

“Ik neem de leiding en we zullen zien wat er kan worden gedaan om deze puinhoop op te ruimen en de wateren terug te brengen naar hun legale kanalen.

Hij verliet het kantoor om orders te geven aan een van zijn commissarissen die buiten de kantoren aan het zonnebaden was en keerde terug naar Leslie en zei:

"Het is twaalf uur; we hebben nog tijd om naar de griffie te gaan voordat ze sluiten; gaan?

"Ik ben tot uw dienst.

Ze gingen naar het register. Toen ze het raam naderden, begroette de klerk de sterman hartelijk:

'Hoi sheriff, hoe gaat het hier?

"Ik kom om te zien of u een ogenschijnlijk erg lelijke zaak opheldert, die heeft plaatsgevonden ter gelegenheid van de registratie van een stuk land naast Smoky Hill.

"Oh ja! Nu ik naar zijn metgezel kijk, herinner ik me hem en ik ben blij dat je bent gekomen, want als ik de boeken bekijk, heb ik iets gevonden dat verband houdt met die plaat.

"Ja? Laten we eens kijken wat het is.

“Gewoon een verandering van eigenaar. Op de 24e verscheen hier een persoon genaamd Ludwing Swan, een veehandelaar, woonachtig in een stad genaamd Sterling, om op zijn naam het eigendom van de stad genaamd Abilene te registreren, met al het omliggende land volgens de oorspronkelijke plannen die hier zijn neergelegd. Hij bracht de notariële kopie van de aankoopakte en het nieuwe onroerend goed werd geregistreerd in overeenstemming met de wet.

'Ik heb het onthouden bij de naam van de stad, aangezien de meeste landen die bij het register komen, maagdelijk zijn en geen eigen naam hebben.

De sheriff bekeek de inscriptie en wendde zich tot Leslie die rood was van woede en zei:

'Besef je wel dat de schurk niet dom was, maar een te slimme vent? Hij wist dat hij ernstig gevaar liep om het land voor zichzelf te claimen en hij gaf het liever aan iemand anders, zij het met minder winst. Kijk hier; Hij heeft het voor tienduizend dollar opgeleverd.

"Er zal een schurk zijn ...! Maar als dat twintig keer meer waard is!

'Voor jou wel, maar niet voor hem. Tienduizend dollar is veilig geld, de andere... was om jezelf bloot te stellen aan het ontvangen van zijn gewicht in gesmolten lood.

“Nou, we hebben al iets opgehelderd, maar in plaats van de zaak te vereenvoudigen, maakt het het nog ingewikkelder. De koper zal zich er niet bij neerleggen om afstand te doen van zijn aankoop of hem zelfs maar te betalen wat hij voor de grond heeft betaald, en als het niet goed gaat om de annulering van de registratie mogelijk te maken, zullen ze dit moeten begrijpen met de nieuwe eigenaar, die voorlopig beschermt de wet. Later... God zal het vertellen.

Ze verlieten het register. Leslie leek verbijsterd, bang dat de tijd zou komen dat hij naar het dorp zou moeten terugkeren om zijn metgezellen te informeren over de tragedie die hen overkwam en, meer nog, hij was bang voor wat er zou kunnen gebeuren als de wettige eigenaar van het land zich zou presenteren aan hem. om ze van hun velden te gooien, of ze naar believen een canon op te leggen, wat de slechte winsten die ze tot nu toe hadden weten te verzamelen, aanzienlijk zou verminderen.

Aan de andere kant verliet de herinnering aan Bird zijn verbeelding niet. Een gevoelig man, hij realiseerde zich dat de ongelukkige voormalige karavaan een onschuldig slachtoffer was geweest, opgeofferd om een waardevolle dienst te hebben willen bewijzen aan zijn mede-uittocht.

Al bij de deur van de kantoren hield de sheriff op met zeggen:

"Zoals u zult zien, kan er op dit moment niet meer worden gedaan. We zullen moeten wachten tot mijn commissarissen navraag doen om te zien of ze de kar ontdekken of enig detail dat bewijst dat zijn partner hier was en dat ze hem hier de plannen ontnamen. Ik heb hier niet veel vertrouwen in, want als hij hier was vermoord, zou zijn lichaam zijn gevonden en hebben we geen ongeïdentificeerde doden gevonden.

"Ik denk dat een nieuw management zou kunnen worden geprobeerd.

"Welke?

'Ontdek wie die dealer is die het pand van Greene heeft gekocht, om te zien welke aanwijzing hij ons kan geven over de man met wie hij te maken had om het te kopen. Je moet hem zeker kennen en iets over hem weten.

'Je hebt gelijk en aangezien de stad niet ver van hier is, zal ik je een dagvaarding sturen om te verschijnen. We zullen kijken wat u ons kunt vertellen dat interessant is. Laat me nu weten waar je verblijft, zodat ik het je kan laten weten als ik iets de moeite waard vind.

Leslie gaf hem het adres van de herberg, die niet ver van de kantoren lag, en ze schudden elkaar hartelijk de hand.

'Ik ben erg dankbaar voor uw belangstelling, sheriff,' zei Leslie.

"Ik vervul gewoon mijn plicht en hopelijk is het geluk met ons en kunnen we die buharro vinden. Voor zijn collega's zou hij het jammer vinden dat dit niet opgelost kon worden. Ik zorg voor wat het voor hen kan betekenen om van hun eigendommen te worden beroofd.

HOOFDSTUK VI

EEN BOERDERIJ IS GERECHTIGD

Kort voor etenstijd ontving Leslie een bericht van de sheriff om zich op het kantoor te melden, en de bezorgde kolonist haastte zich naar de afspraak.

De sheriff zei heel serieus:

'We hebben al iets ontdekt, meneer Simpson, maar helaas verduidelijkt wat we hebben gevonden niets en ik geloof nog steeds dat het het meer verduistert.

We vonden een paar dagen geleden een verlaten kar in het blok van een herberg op de Plaza de los Sauces en ik vroeg hem om me te vergezellen om het te onderzoeken om te zien of het van zijn metgezel was. Maar als dat zo is, kunnen we verder weinig weten.

'Van wat de herbergier zei, is het daar achtergelaten door een man van in de zestig, van goed postuur, donker, met grijs haar. Hij sliep in de herberg en de volgende ochtend stond hij vroeg op, verliet de herberg en keerde rond lunchtijd terug. Hij vertrok, kwam 's avonds terug en vertrok rond half tien weer om nooit meer terug te keren.

De eigenaar wachtte op de terugkeer van de eigenaar van het voertuig, aangezien hij ervan uitging dat hij het daar niet zou achterlaten in ruil voor de dag van accommodatie, aangezien de kar veel meer waard is dan de afschrijving.

Zoals hij zei, begon ik me al zorgen te maken over de vertraging en stond op het punt om het feit te beseffen. Dit is alles.

'Heb je gezegd wanneer het aankwam?

Op de 18e in de middag en op de 19e verdween hij.

“Het adres komt overeen met dat van onze collega, maar ze moeten de naam hebben aangenomen.

“Inderdaad, maar er is iets vreemds gebeurd. De persoon die verantwoordelijk was voor het scoren van de inzendingen had de inktpot omgedraaid in het boek en er zijn twee volledig onleesbare namen. Een daarvan is de eigenaar van het voertuig.

'En je weet de naam niet meer?

"Hij zegt nee.

'Nou, we kunnen de wagen gaan onderzoeken.

Ze gingen allebei naar de herberg en zodra Leslie de zware romp naar zijn gezicht bracht, riep hij opgewonden uit:

'Het is Bird's, meneer de sheriff... ik ken haar heel goed.

“In dat geval blijft het alleen om uit te zoeken wat er van de eigenaar is geworden. Zoals ik al zei, ik heb niet het minste nieuws dat er in die dagen een lichaam is gevonden zonder die naam te identificeren of te identificeren. We moeten toegeven dat als hij werd vermoord, hij hier werd weggehaald en bij een ongeluk op de grond werd verborgen. Ik zal opdracht moeten geven om de geschikte plaatsen te onderzoeken om een lijk te verbergen.

‘Ben je nog niets te weten gekomen over die Adams uil?

“Het is nog vroeg, maar zonder persoonlijke tekenen gaat het niet zo makkelijk. Alleen al door de naam moest hij hier bekend zijn om enige tekenen van hem te kunnen geven.

“Ik zorg voor de moeilijkheid en het spijt me dat ik niets kan doen om je te helpen.

“Wat mijn mannen niet kunnen bereiken, zullen jullie niet bereiken.

"Vermoedelijk. Het rest mij alleen maar om werkeloos toe te kijken en te wachten. Het spijtige is dat het, gezien de afstand en het gebrek aan communicatie, voor mij onmogelijk is om een bericht naar mijn collega's te sturen om hen te informeren over wat er gebeurt. Als het te lang duurt om iets praktisch te vinden, zal ik genoodzaakt zijn om terug te keren naar het dorp en te rapporteren wat er gebeurt, zelfs als ik later moet terugkeren. Als het te lang zou duren, zouden ze ook voor mijn leven vrezen en Ik heb daar familieleden achtergelaten die van streek zouden zijn door mijn lot.

“We zullen proberen om ons zo snel mogelijk te haasten. Ik heb mijn partner in Sterling al geruild om Swan op te sporen en hem te dwingen snel hierheen te komen. Misschien kan uit wat die man verklaart, een nieuwe lichtstraal opduiken.

Leslie, hopeloos en droeviger en droeviger, denkend aan het tragische lot dat Bird had kunnen ondergaan, trok zich terug in de herberg. Hij had geen zin om het dorp te bezoeken, en zeker niet de pakhuizen op zoek naar iets om zijn verloofde te brengen. Dingen waren niet genoeg om over overbodige uitgaven na te denken, toen ze met dreigende ondergang werden bedreigd.

En als hij hierover nadenkt, was zijn woede oneindig.

Als een goede kolonist hield hij van Moeder Aarde zoals hij van zijn eigen leven kon houden. Hij had altijd geleefd door de inspanning om het te cultiveren; het land had hem in meer of mindere mate zijn dagelijkse levensonderhoud geboden en hij kon niet afstand doen van dat stuk land bekrast van het zweet en dat beloofde al het welzijn en geluk waarvan hij had gedroomd toen hij erin slaagde met Margaret te trouwen.

Niet doen! Hij kon haar niet opgeven en hij zou niet opgeven. Noch Greene, noch Swan, noch iemand anders zou van hem afrukken, dat land dat de basis van zijn bestaan was, omdat hij hem zou verdedigen door te schieten tegen wie het ook was, onder de bescherming van de wet of ertegen, omdat de wettigheid die Swan zou kunnen inroepen zou een onrechtmatige daad zijn.

Verzwakt ging hij in een van de vele oude rieten stoelen in de hal zitten. Naast de stoel stond een brede tafel en daarop verspreid wat verouderde kranten en een paar gehavende tijdschriften uit het Oosten.

Mechanisch pakte hij, zonder te weten wat hij deed, een tijdschrift, maar legde het meteen weer neer. Daarna rommelde hij in verschillende veelgelezen kranten, en toen hij op het punt stond de laatste te verlaten omdat hij niet de moed had om dingen te lezen die hem niet interesseerden, stootten zijn ogen op een opschrift van een gebeurtenis die erin werd verteld.

De release werd geleid door een kop die luidde:

MYSTERIEUZE MISDAAD

Zonder te weten waarom, raakte hij geïntrigeerd door de titel en begon hij gretig te lezen. Toen hij hoorde dat de gewonde man was gevonden in een steegje in de buurt van de Plaza de los Sauces, klopte zijn hart hevig omdat de herberg waar Bird had gelogeerd zich op dat plein bevond.

En toen hij klaar was met het lezen van het verhaal, bestond er geen twijfel over dat de ernstig gewonde man die in een pijnlijke toestand naar het ziekenhuis was gebracht, Bird was.

En misschien verklaarde dit de bewering van de sheriff, door te verzekeren dat er geen ongeïdentificeerd lichaam was gevonden. Hij had hem niet gevonden, omdat Bird levend was opgepakt en naar het ziekenhuis was gebracht. En wat er nu ontbrak om zijn vermoedens te bevestigen, was te weten of de gewonde man was overleden, of hij begraven was en of er nog meer bewijs was dat zijn twijfels had weggenomen.

Haastig pakte hij de krant en meldde zich bij de sheriff.

De laatste, die hem bleek en nerveus zag, vroeg:

'Wat is er met u aan de hand, meneer Simpson?

"Ik weet het niet. Ik denk dat ik een aanwijzing heb gevonden om mijn vermiste partner te lokaliseren, maar ik ging liever naar hem toe zodat hij degene is met zijn bevoegdheid om het relevante onderzoek uit te voeren, als je iets meer niet weet hier specifiek over.

En hij overhandigde hem de krant en zei:

Zie de datum. De krant is van de 20e en Bird verdween de 19e om half tien. Aan de andere kant verbleef hij in de Posada de los sauces en het lichaam van de stervende man werd ontdekt in een steegje bij het plein. Dit lijkt te beweren dat het Bird is en dat hij werd vermoord toen hij terugkeerde naar zijn lodge.

De sheriff antwoordde na het document te hebben bekeken:

"Het is heel goed mogelijk dat hij gelijk heeft. De gewonde man werd bij zonsopgang gevonden en in het ziekenhuis vertelden ze me dat ze geen cent voor zijn leven hadden gegeven. Ze stemden ermee in om me op de hoogte te stellen als hij stierf of herstelde en ik kon getuigen, maar tot nu toe hebben ze me geen nieuws over hem gegeven. De waarheid is dat hij deze gebeurtenis was vergeten en ik heb het niet in verband gebracht met de verdwijning van zijn partner. Maar we kunnen dit onmiddellijk verhelpen door naar het ziekenhuis te gaan om de gewonde man te zien.

"Zou hij niet dood kunnen zijn en...?

“Ik denk het niet, want als ik was gestorven, hadden ze me het bijbehorende deel gegeven.

"Maar ze hebben hem ook niet gebeld om een verklaring af te leggen.

“Dat is waar, maar dit kan erop wijzen dat hij, tegen de prognose van de artsen in, niet is overleden, hoewel zijn herstel, gezien de ernst die hij presenteerde, nog niet is bereikt en de gewonde man leeft, maar nog steeds niet kan spreken.

“We zullen hem bezoeken en als hij is wie we veronderstellen, zal de zaak worden opgehelderd. Ik vertrouw erop dat, als hij na zoveel dagen nog niet is overleden, de doktoren het wonder bereiken om zijn leven te redden en dat de wetenschap op een gegeven moment zal zegevieren in deze strijd tegen de dood. Kom dan met me mee, hoewel de tijd een beetje laat is, voor mij zijn alle uren goed en niemand zal me de toegang en het onderzoek van de gewonde man weigeren.

Met haar ziel aan een zijden draadje vergezelde Leslie de sheriff. Hij vroeg God mentaal dat die incognito gewonde Bird was en dat hij zijn leven zou blijven behouden, niet vanwege wat hij kon verduidelijken over de gebeurtenis, maar omdat hij het verdiende om te blijven leven.

Toen ze bij het ziekenhuis aankwamen, begroette de arts die de wacht hield hen met de vraag:

'Wat brengt u hier op dit uur, sheriff?

“Ik ben te weten gekomen wat er is gebeurd met een zeer ernstig gewonde man die enkele dagen geleden werd gevonden in een steegje in de buurt van de Plaza de Los Sauces en waarvan u me niet het minste nieuws hebt gegeven.

'Inderdaad, sheriff, maar er is nog geen zaak ingediend om u op de hoogte te stellen.

“De gewonde man is een week dichter bij het graf dan bij het leven, maar op wonderbaarlijke wijze is de dood vermeden, aangezien de steek die hij in de rug kreeg hem interesseerde in de long en een ander orgaan, waardoor we vreesden voor een fatale afloop.

Maar gelukkig, binnen de zwaartekracht, lijkt het erop dat het gevaar afneemt zonder deze betekenis dat het nog niet bestaat. De gewonde man is zo sterk als een buffel en hij herstelt langzaam; hij is echter nog niet bij bewustzijn gekomen, en we weten ook niet wanneer hij dat zal kunnen.

"Als het zo doorgaat, is het mogelijk dat hij over een paar dagen begint te beseffen dat hij nog steeds in de wereld is en iets kan zeggen, maar tot nu toe is het een lichaam dat rustig ademt en niets anders.

“Om deze reden hebben we hem niet kunnen informeren. Hij is niet overleden en kan niets aangeven.

'Nou, het nieuws is in ieder geval aardig, want blijkbaar is die arme man zichzelf aan het behoeden voor een val in het graf.

'Ja, en ik veronderstel dat wanneer hij ons op dit moment bezoekt, dat is omdat hij hem iets brengt dat verband houdt met de gewonde man.

“Inderdaad, deze man die mij vergezelt vermoedt dat het een collega van hem is die hier enkele formaliteiten kwam vervullen en van wie ze niets meer hebben vernomen sinds hij afscheid van hem nam. We kwamen een kijkje nemen om te zien of het hetzelfde is.

"Heel goed. Volg mij dan.

Hij nam ze mee naar een kleine kamer waar alleen de gewonde man was. Het stond hem niet dat er lawaai om hem heen was, en daarom was hij geïsoleerd van anderen. Leslie wierp een snelle blik op het gekrompen, bebaarde, bleke gezicht van de patiënt om hem te herkennen.

'Het is hetzelfde, sheriff,' zei hij met een stem gesluierd door emotie. Dit is onze collega Victor Bird.

"Ik was er bijna zeker van," antwoordde de sheriff, "en ik geloof dat deze identificatie het verhaal compleet maakt.

De dokter vroeg:

'Zijn ze erin geslaagd te achterhalen wie de wilde was die hem neerstak?

“Ja, we kennen de naam en we kennen het motief, wat we niet weten is wie de crimineel is en waar hij zich bevindt, maar we zullen proberen hem te lokaliseren.

En nu rest mij alleen nog om u te bedanken voor de belangstelling die u heeft getoond voor het redden van het leven van deze ongelukkige man en om mijn verzoek te herhalen dat u mij dit laat weten zodra hij in staat is te spreken.

"Maak je geen zorgen, zo zal het gebeuren.

Ze schudden allebei de dokter de hand en verlieten het ziekenhuis.

Op straat merkte Leslie op:

“Nu ben ik oneindig blij dat ik het avontuur ben begonnen om deze vervelende reis te maken. Ik kan deze man niet in de steek laten; en ik zal alles doen wat in mijn macht ligt om voor hem te zorgen zodra hij in staat is terug te keren naar het dorp.

“Maar ik vrees dat dit nog lang zal duren en me zal dwingen een nieuwe reis te maken. Ik kan geen honderd mannen onzeker hebben, niet alleen over wat er met Bird is gebeurd, maar wat er met mij gebeurd kan zijn, als het te lang duurt om terug te keren.

'Als je een paar dagen of drie kunt wachten, kunnen we in die tijd misschien iets te weten komen. Ik wacht op een antwoord van Sterling voor de koper van die plaat om te verschijnen, om te zien wat hij ons vertelt; en met betrekking tot de zogenaamde Adam Greene, ik zal bevelen geven in het hele district zodat de sheriffs oplettend zijn, voor het geval hij op enig moment ergens verschijnt waar hij zich kan bevinden.

Voor nu geef ik uw klacht toe en beschuldig ik u van poging tot moord en diefstal. Als hij komt opdagen, hoop ik dat hij geen geweldige tijd heeft.

“Twee of drie dagen, en zelfs vier of vijf, ik kan wachten. Mijn collega's weten of vermoeden dat de missie die ik breng moeizaam kan zijn, en gedurende die tijd zullen ze niet erg nerveus zijn. Ik wil hier niet weg zonder met Bird te kunnen praten en te weten wanneer hij tenminste uit het bos is.

“Als hij blijft herstellen zoals de dokter heeft aangegeven, is het mogelijk dat hij tegen die tijd in staat zal zijn om een verklaring af te leggen. Het zou heel interessant zijn om de informatie aan te vullen met wat je zegt.

Dus bewapen jezelf met geduld en houd je zenuwen in bedwang. Voorlopig lijkt het leven van je partner veilig, en dat is al een troef in jouw voordeel. We zullen zien of we andere positieve punten kunnen krijgen waarmee we dat verdomde record kunnen annuleren en ze hun land en de rust die ze verliezen terug kunnen geven.

'Dat zou ik willen! Wees zo, sheriff, want anders ben ik bang dat daar bij de rivier zeer onaangename dingen met elkaar zullen gebeuren.

Ze namen afscheid en Leslie bereidde zich voor op verdere gebeurtenissen als ze zich zouden voordoen.

Hij had zich verzekerd van het lot van Bird; maar het zeer ernstige probleem van eigendom van zijn land bleef bestaan, en dit overweldigde hem.

De volgende dag was een lege dag. Ongeduldig bracht hij een bezoek aan het ziekenhuis, waar hem werd verteld dat Victor nog steeds min of meer aan het verbeteren was.

En de volgende dag kreeg hij een bericht van de sheriff dat hij zich dringend op hun kantoor moest melden.

In de hoop dat de sheriff iets over Adam te weten was gekomen, verscheen er snel een lange, flexibele, donkere, vastberaden uitziende, relatief elegant geklede kerel op het kantoor waar de sheriff vergaderde.

De sheriff stelde de vreemdeling voor en zei:

'Hij heeft u voorgesteld aan meneer Ludwing Swan, die net is aangekomen uit Sterling op mijn bevel van presentatie. Deze man is Leslie Simpson, een van de kolonisten die zich in Abilene vestigde.

"Aangenaam kennis met je te maken," zei Swan glimlachend, terwijl hij zijn hand aan de kolonist uitstak.

Hij schudde het zachtjes, zonder enige uitbarsting, ondanks het feit dat hij begreep dat de mensenhandelaar zich niet schuldig maakte aan de vervelende situatie waarin hij zich bevond.

'Nou, meneer Swan, omdat het interessant was dat meneer Simpson bij ons interview aanwezig was, aangezien hij daarin een belanghebbende is, heb ik ons gesprek over de reden van uw telefoontje uitgesteld. Nu kunnen we het doen, zonder het gesprek opnieuw te hoeven herhalen.

'Van wat ik in het register heb kunnen verifiëren, hebt u op uw naam een bepaald stuk land geregistreerd aan de oevers van Smoky Hill, waar honderd kolonisten een stad hebben gesticht die Abilene heet, nietwaar?

"Terecht.

'En je bent verkocht door een man die Adam Greene heet, toch?

"Dit staat in het register.

'Hoe heeft Adam je dat koopje aangeboden?

“Omdat hij geld nodig had, zei hij.

'Ken je Adam van iets anders dan die operatie?

'Nou... hoe ik hem moet ontmoeten, ik kende hem wel, maar niet veel. Ik heb hem hier een paar keer in de gokhallen gezien, maar onze behandeling was niet vriendschappelijk.

'Wat voor reden was er voor mij om u die verkoop aan te bieden?

“Misschien wetende dat ik op zoek was naar een plek die me niet veel zou kosten, om een kleine boerderij te bouwen en het vee te huisvesten waarmee ik handel. Soms is het niet gemakkelijk om een stuk vee te kopen en het tegelijkertijd te verkopen en dat gaf mij een probleem om het vee te plaatsen terwijl ik het kon verkopen.

En wist hij het? Had je het hem verteld?

'Niet doen. Hij had in die plaatsen verschillende keren gezegd dat hij dat land moest vinden en hij moet het gehoord hebben. Daarom bood hij het mij aan.

‘Wist u waar dat bezit vandaan komt?

'Ik? Waarom moest hij dat weten?

“Het is altijd interessant om te weten wat de oorsprong is van wat je koopt, vooral als het zo genereus wordt aangeboden, omdat je hebt gekalibreerd dat een stad met honderd percelen in bedrijf en een weiland om een boerderij te stichten, veel meer waard is dan dat. minimumbedrag van tienduizend dollar dat hij voor haar gaf.

“Als je onder druk staat van geld, worden veel dingen voor minder waarde verkocht, soms vee tegen een lagere prijs dan je ervoor betaalt en als je een man bent die geld nodig had, is dat terecht.

"Een momentje. Was het niet geschokt dat een woning die een week eerder was geregistreerd, zo dringend en voor zo'n lage prijs werd aangeboden?

“Ik hoefde me niet te bemoeien met de privézaken van de verkoper. Deze had de registratie van dat land in orde, ik kocht het van een notaris omdat het geaccrediteerd is en ik ging het op mijn naam registreren. Alles wat betreft wie het aan mij heeft verkocht, is iets dat mij niet aangaat.

“Mogelijk, ja, meneer Swan, omdat dat land op naam van Adam Greene stond, door een moordaanslag en de diefstal van alle documentatie die het slachtoffer bij zich had om het register te verifiëren op naam van de 100 kolonisten die daar waren gevestigd.

"En hij moet denken dat het hem kan raken, want als Greene wordt gearresteerd en hij bekent zoals het moet, dat hij in feite probeerde de drager van de plannen te vermoorden en ze te stelen om het land te doorzoeken in zijn naam, de autoriteit legal zal het feit in overweging moeten nemen en het zou zeker het primitieve record vernietigen, dat zou worden ontdaan van die aankoop die, als het een goede deal leek, zou worden omgezet in een zeer slechte.

Swan kwam in opstand toen hij de sheriff hoorde.

"Hé, ik ken de oorsprong van die registratie niet, en het kan me ook niet schelen, wat ik wel weet, is dat ik het heb gekocht, ervoor heb betaald en het naar behoren heb geregistreerd. Het land is van mij en ...

'Wees niet van streek, want je zult de dingen niet van streek kunnen maken. De wet bereikt iedereen in meer of mindere mate en wanneer iemand een object steelt en verkoopt, vallen beide onder dezelfde code. Degene die in grotere mate heeft gestolen en degene die heeft gekocht, zal, als hij dat te goeder trouw heeft gedaan, niet de strengheid van een strafrechtelijke sanctie ondergaan, maar zal verliezen wat hij voor het object heeft betaald, aangezien het een bepaalde eigenaar heeft en hij het niet heeft verkocht, maar dat het is gestolen, maar als de aankoop is gedaan met de herkomst van het object, dan bereikt de code beide.

"Dit moet in zijn hoofd worden gestopt, zodat hij niet wordt misleid als de dingen gaan waar ze moeten gaan en het land wordt teruggegeven aan de echte eigenaren.

En zou ik die tienduizend dollar verliezen?

"Je kunt degene die je heeft bedrogen, vervolgen door je te verkopen wat niet van jou was en dubbel vervolgd te worden. Als u kredietwaardig bent, krijgt u terug wat u ten onrechte heeft betaald.

'Is een man die tien verkoopt waard voor één oplosmiddel?

"Ik denk het niet, maar... loyaal zou ik niet blindelings kopen als ze het me zouden aanbieden, een briljant ter waarde van duizend dollar, procent, omdat het altijd mogelijk is om te vermoeden dat de oorsprong niet erg duidelijk is.

"Er was een juridisch dossier dat dit garandeerde.

"Een wettelijke registratie tot op zekere hoogte, Men is eigenaar van een zaak, zolang het tegendeel niet wordt bewezen.

En ben ik degene die moet verliezen?

"Hij wordt eraan blootgesteld, zodra er betrouwbaar bewijs is dat de diefstal aantoont. Als dit gebeurt, kun je tienduizend dollar verliezen, maar tegelijkertijd verliest iemand zijn leven.

"Het leven van die buharro maakt me weinig uit, het gaat mij om mijn geld.

'Ik ben niet egoïstisch en ik ben bereid dat die kolonisten en ik een overeenkomst bereiken als, zoals u zegt, het land op hun naam zou worden geregistreerd. We zijn allebei opgelicht en het is eerlijk dat we allemaal een beetje verliezen lijden.

“Als ze willen, zal ik niets meer van ze eisen dan wat ik voor het land heb betaald. Dat ze me allemaal betalen voor het bezit van hun percelen die tienduizend dollar die ik heb betaald, wat niet veel is verdeeld over honderd en dat ze het stuk weide vrij laten om de ranch te bouwen en mijn vee te houden. Ik denk dat ik gelijk heb.

Maar Leslie, tussenbeide komen, antwoordde:

“Dat ding dat je in fantasieredenen stopt, omdat we, omdat we de echte eigenaren van het land zijn, de tienduizend dollar in jouw voordeel zouden moeten verliezen en jij, in plaats van te verliezen, dat stuk prairie zou winnen dat gelijk staat aan hetzelfde bedrag aan land dat we samen bezetten.

“Natuurlijk verlies ik. Ik zou dat kunnen verkopen voor vier of vijf keer waar ik voor betaald heb.

"Hij zou het verliezen als de aankoop legaal was geweest, maar omdat het niet het geval is, is die overtuiging zo gefrustreerd dat hij hem waarschuwt niet te proberen het snel te verkopen om van die last af te komen, omdat hij niet zal slagen. Het register heeft een bevel om het eigendom van die grond te immobiliseren totdat op de een of andere manier is verduidelijkt wie de echte eigenaar kan of zou moeten zijn.

“En hoe wordt het opgehelderd en wanneer?

“Als Adam wordt betrapt en hij verklaart wat hij te melden heeft. Alleen dan hebben de juryleden het laatste woord.

'Wat als die man er niet uitzag of... dood zou opduiken?

'Waarom zou hij dood lijken?

“Het is een aanname, vooral omdat hij een man is met een dubbelzinnig leven, die gokhallen bezoekt, drinkt, hard speelt en vecht. Op een dag kan iemand twee ons lood in zijn lichaam doen en dan...

“De lucht kan ook over ons heen zinken, of er kan een aardbeving plaatsvinden die ons allemaal vernietigt. Zo ver kan ik niet gaan zolang de realiteit me daar niet brengt.

“Goed, maar aangezien we ons aan het moment moeten houden, is het moment één en is het duidelijk. Zolang het tegendeel niet bewezen is, ben ik de eigenaar van die grond en kan ik er als eigenaar en heer over beschikken.

'Tot op zekere hoogte. Je kunt het niet proberen te verkopen, omdat de verkoop niet zou worden geaccepteerd in het register en omdat de kolonisten het niet willen kopen, omdat het van jou is.

“Maar ik heb het recht om ze daar weg te sturen als ze weigeren een regeling te treffen en het te verhuren aan degene die de huur maar net genoeg betaalt.

"Ik hoop dat hij zelf ontslag neemt en het niet probeert. Hij zou de vijandigheid van honderd wanhopige mannen ontmoeten en ik denk niet dat hij in een positie verkeert om zich met geweld aan hen op te dringen.

De woede van de smokkelaar groeide elke keer dat de sheriff hem confronteerde met argumenten die zijn opvattingen teniet deden.

En buiten zichzelf brulde hij:

“Wat er kan gebeuren, is mijn ding. Ik ben de wettige eigenaar van dat land en ik zal doen wat mij goeddunkt, zolang er niets groter is dan mijn kracht en recht dat dit verhindert. Als de boosdoener dat varken Adam is, vind hem, red hem, maar laat me met rust.

“We zullen je zoeken en je ophangen als dat mogelijk is, maar hiermee win je niets, want als je wordt berecht en opgehangen voor misdaad en diefstal, zullen de rechters de registratie annuleren en het bevel geven om het op naam van de kolonisten te zetten. . Vergeet dit niet, zodat u geen hoop krijgt.

Bedankt voor zo'n gezonde waarschuwing. Ik herhaal dat zolang de situatie niet verandert en als dat gebeurt, ik de wettelijke eigenaar van die gronden ben en als zodanig zal ik doorgaan. De obstakels die ze van plan zijn om me te weerstaan, ik zal zien hoe ik ze ophef. En als je me niets meer te zeggen hebt, trek ik me terug.

“Niets, tenzij je kijkt naar wat je doet, want nu handel je niet met je ogen dicht.

Swan stormde het kantoor uit en liet de sheriff en Leslie achter.

HOOFDSTUK VII

VOGEL MAAKT VERKLARING

Na een moment van stilte merkte Leslie op:

'Ik mag deze man helemaal niet, sheriff.

"En ik ook niet.

'Heeft u antecedenten van hem?

'Nee, maar ik kan erom vragen.

'Ik denk dat je er goed aan zou doen. Ik weet niet waarom ik ervan overtuigd ben dat hij over sommige dingen schaamteloos tegen ons heeft gelogen.

"In welke?

"Ten eerste, door te ontkennen dat ik weet dat Adam iets intiemer is dan door hem in een of andere gokhol te ontmoeten. Ik weet zeker dat je hem goed kent en misschien zelfs weet waar hij is. Je koopt niet zomaar dingen van een vreemde, zonder ernaar te informeren.

"Dus je denkt dat hij weet dat de huiszoeking werd gedaan op basis van een overval...

'Als je het niet weet, moet je het vermoed hebben. Misschien was hij zich er niet van bewust dat de overval het gevolg was van een moordaanslag, wat de zaken ernstiger maakt.

"En het bewijs dat hij zich niet veilig voelt, is die kabel die hij naar ons verlengde zodat we de percelen konden kopen voor het geld dat hij heeft betaald, de prairie voor hem achterlatend ... Als hij die angst niet had gehad, zou hij het voorstel niet de eerste keer hebben gedaan.

"Dat vermoed ik ook, en nog iets anders. Soms is het hebben van de tong erg nuttig, omdat bepaalde zinnen op veel manieren kunnen worden geïnterpreteerd en op een gegeven moment een strop vormen die door iemand van zichzelf is geweven.

"Wat bedoel je?

"Op de vraag die ze stelde door veel belangstelling voor haar te hebben over wat er zou gebeuren als Adam dood zou opduiken zonder tijd om zijn misdaad te bekennen.

"Het is waar; daar was ik niet in gevallen.

“Daarom zeg ik dat het soms beter is om één ding te denken, maar het belang ervan af te wegen voordat je het zegt. Hij heeft geprobeerd om het te rechtvaardigen door te zinspelen op het feit dat die buharro het slachtoffer van een gevecht zou kunnen sterven en een gevecht bereidt zich met voordeel voor om de actie te winnen en er vanaf te komen.

'Het is waar en als hij Adam goed kent en weet waar hij hem kan vinden, zou er niets zijn om hem te verwijten voor de verkoop die hij heeft gedaan, maar hij zou het voor altijd kunnen consolideren, als hij Adam kwijt zou raken voordat jij hem te pakken kon krijgen. Dan kon de diefstal niet worden bewezen en zou het record voor altijd standhouden.

“Het is precies wat ik dacht en dit dwingt me om harde maatregelen te nemen met die man. Ik krijg heel specifieke rapporten over hem van de Sterling Sheriff en ik ga proberen iemand achter hem te zetten om hem in de gaten te houden voor het geval dat. Als wat ik denk waar is en hij heeft bedacht om van de verkoper af te komen om elke mogelijkheid om de eigendommen van die gronden van hem in beslag te nemen, af te snijden, zal hij zelf ons naar de man leiden die we zoeken en wie weet of zelfs door het oplossen van een conflict, zal het een ander zijn die gevaarlijker voor hem is.

"Dus, zolang de Sterling Sheriff mij de rapporten stuurt die hij heeft of kan verzamelen, zal ik een van mijn commissarissen naar de stad sturen met het bevel om in de schaduw van die man te blijven, om te zien of hij zal leiden hem het meest geïnteresseerd zijn in het vangen.

"Denk je dat dat mogelijk zal zijn?

“Ik weet het niet, maar er moet iets gebeuren om dat te bereiken.

'Ik zeg het, omdat ik aan iets denk dat wijs kan zijn.

“Praat eens, je hebt een aantal nuttige dingen bedacht ... waarom kan je niet aan andere denken?

“Bedankt voor het goede concept dat je van mij hebt. Ik bedoelde hiermee rekening te houden. Adam weet dat hij Swan heeft bedrogen, of in ieder geval dat hij hem in een slechte situatie kan brengen, zo erg, dat hij hem dwingt hem aan te geven. Ik denk dat ik u kan verzekeren dat die Zwaan zich na zijn misdaad bewust zal zijn geweest van het lot dat zijn slachtoffer mogelijk heeft geleden, aangezien hij alleen door hem volledig te doden rustig kan leven en daarom moet het zeker zijn dat hij in afwachting van om te weten wat er met Bird is gebeurd.

“Dit heeft alleen de pers haar kunnen vertellen en het is geen illusie om te zeggen dat ze op de hoogte was van haar, en dat ze zal hebben gelezen hoe mijn partner stervend werd opgepakt en naar het ziekenhuis werd gebracht. Niet wetende dat hij is overleden, zal hij zich moeten verstoppen, voor het geval Bird heeft kunnen getuigen door hem aan te klagen en omdat Swan dan zou weten dat hij bedrogen was en hem kan zoeken om hem ter verantwoording te roepen voor wat hij heeft gedaan met hem. Als het mogelijk is, zou ik je om een gunst vragen.

"Welke?

"Laat hem hier in de pers een zeer zichtbare publicatie publiceren, waarin wordt aangekondigd dat de stervende man die werd gevonden in de Callejón de los Sauces, is overleden na vele dagen bewusteloos te zijn geweest, zonder in staat te zijn zijn verklaring of identiteit vast te stellen." Dit, dat door Adam kan worden gelezen, zou hem zo geruststellen dat hij de duisternis zou verlaten en zichzelf weer in het licht zou laten zien. Zeker dat niemand hem van de misdaad en diefstal zou kunnen beschuldigen, en zelfs Swan zelf zou niets te hem verwijten, aangezien de aankoop verzekerd zou zijn.

Het kan zijn dat mijn idee nutteloos is, maar het kan ook zijn dat het een goed lokaas was om hem te dwingen erin te bijten. Aangezien het niemand pijn doet om het nieuws op deze manier te publiceren, als het werkt, zou het ons helpen die man te vinden, aangezien hij, in de overtuiging dat hij vrij is van alle gevaar, niet zou aarzelen om zich in het openbaar te vertonen alsof hij niets had gedaan.

De sheriff zei na over de suggestie te hebben nagedacht:

"Ik denk dat hij gelijk heeft. Het enige dat kan gebeuren is dat het nutteloos is, maar er gaat niets verloren door het te proberen. Vandaag zal ik hier met de directeur van de krant spreken, ik zal uitleggen wat ik wil en hem vragen het nieuws te publiceren. Ik zal ik weet zeker dat hij dat zal doen, want als het werkt, zou het een goed rapport voor hem zijn op een min of meer verre datum.

“Dank u, en aangezien ik denk dat er op dit moment niet meer kan worden gedaan, zal ik u verlaten, hoewel ik u zal komen bezoeken om te zien welk nieuw nieuws u kunt brengen.

"Ik ben van plan nog vier of vijf dagen te blijven, om te zien of er zich in die tijd iets voordoet dat de situatie opheldert en zo niet, dan zal ik terugkeren naar de stad om verslag uit te brengen aan mijn metgezellen, maar met de vaste intentie om hier weer terug te keren. en niet bewegen totdat alles is opgelost of we de hoop verliezen om het te krijgen.

Mijn reis zal dienen om mijn metgezellen op hun hoede te houden, zodat ze niet verrast zullen worden door Swan als hij daar opduikt en hen probeert te overtuigen zijn percelen te kopen, zelfs tegen een lage prijs. Dat konden ze op dit moment niet, omdat we geen geld hebben en onze gewassen zijn opgeslagen zonder te verkopen, maar misschien was hij op zoek naar een truc om ze op te sporen.

En als het wordt gepresenteerd aan mensen die bereid zijn zich op te dringen door de dapperen, zijn ze bereid om op dezelfde toon te reageren.

'Akkoord. Ik ga nu naar de krant en dien mijn rapport in zodat mijn commissaris het naar Sterling kan brengen en bij de sheriff kan afgeven. Ik hoop dat ze ter plaatse iets meer bereiken dan op afstand.

Leslie nam met een stevige handdruk afscheid van de sheriff en keerde terug naar de herberg.

Nu voelde hij zich niet meer zo pessimistisch als voorheen. Bird's status leek veelbelovend en alles wat werd ontdekt leek een solide voetstuk te zijn om op toekomstige acties te baseren, die hen zouden leiden naar het succes waar ze naar verlangden. Wat hem het meest verbitterd maakte, was dat hij weg was van Margaret en dacht aan de angst die ze zou kunnen hebben als ze haar verblijfplaats negeerde en wat er met haar zou kunnen gebeuren, maar de gebeurtenissen vroegen erom en hij kon niet teruggaan van het management dat was begonnen.

De volgende dag, zoals de sheriff had beloofd, publiceerde de plaatselijke krant op een opvallende plaats en in opvallende letters het nieuws van Birds dood. In de tekst werd benadrukt dat hij geen verklaring had kunnen afleggen, dus het was niet bekend wie hij was en wie hem had kunnen vermoorden.

Dat was het lokaas dat werd gelegd om te zien of iemand zou bijten.

Adam was de vis die ze met de valse haak hoopten te vangen, want als hij los zou lezen, zou hij zichzelf als volkomen veilig en zonder enige aansprakelijkheid beschouwen.

De commissaris van de sheriff ging erop uit om zijn missie te vervullen en de volgende dag kwamen de eerste rapporten over de persoonlijkheid van Swan binnen.

Volgens de sheriff stond hij vermeld als veehandelaar, maar bestond er twijfel over zijn eerlijkheid als handelaar. Zijn zaken werden buiten de stad uitgevoerd, dus de sheriff wist niet hoe hij te werk moest gaan, maar benadrukte dat hij bij een gelegenheid werd ingegrepen door een tip van gestolen vee. Hij had zich gedekt door een bon te tonen, waarop een boer als verkoper stond vermeld, hoewel later bleek dat de bon vervalst was.

Swan was aan ernstige walging ontsnapt en beweerde dat hij het vee te goeder trouw had gekocht, in de veronderstelling dat de verkoop was gedaan door de ploegbaas, die hem de bon had gegeven. De valse voorman kon niet worden gevonden en de zaak bleef dood.

Swan had een team van een half dozijn mannen die zorgden voor het drijven van het vee, maar geen van hen kwam uit het dorp, dus hij kon niets over dat team zeggen.

Dit verhoogde alleen maar de twijfels van de sheriff over de dealer. Hij was er steeds meer van overtuigd dat hij de grond had gekocht in de wetenschap dat de verkoop niet legaal was, hoewel hij niet had vermoed dat de zaak in zo'n rommelige en gevaarlijke staat verkeerde.

Twee dagen later kreeg hij een nieuw rapport. Swan had het dorp verlaten samen met twee andere mannen die geacht werden lid van zijn team te zijn, maar de richting die hij was ingeslagen was onbekend.

Aangezien de sheriff zijn sheriff had bevolen hem te volgen, had hij er vertrouwen in dat hij niet de weg kwijt zou raken en hem een nuttiger rapport zou kunnen sturen.

Gedurende vier dagen veranderde de situatie niet en Leslie, die al nerveus was en zichzelf in zijn velden wilde zien, al was het maar voor een paar dagen, bezocht de sheriff om zijn voornemen om te vertrekken kenbaar te maken, maar met het idee van Hij keerde terug zodra hij zijn metgezellen op de hoogte had gesteld van alles wat er was gebeurd.

'Ik vertrek morgenochtend,' zei hij, 'maar voordat ik vertrek, wil ik Bird graag een bezoek brengen om te zien hoe het met hem gaat en ik vertrouw erop dat, als hij tijdens mijn afwezigheid weer bij bewustzijn komt, u voor hem zult zorgen en hem alles. wat hebben we gedaan. Waarschuw hem dat ik over tien of twaalf dagen moet terugkeren en dat ik hier zal blijven tot hij beter is en de reis naar Abilene kan beginnen.

"Maak je geen zorgen, ik zal ervoor zorgen dat je goed geïnformeerd en goed verzorgd wordt.

Toen ze midden in de middag het ziekenhuis bezochten, was Leslie aangenaam verrast. Volgens de dokter begon de patiënt die ochtend tekenen van leven te vertonen en was hij zich tweemaal vaag bewust van zijn omgeving. De dokter was ervan overtuigd dat als hij zo doorging hij de volgende dag misschien een verklaring zou kunnen afleggen, zij het van korte duur.

Dit dwong Leslie om zijn vertrek nog een dag uit te stellen. Als Bird sprak, kon hij de volgende dag volledig op de hoogte blijven van wat er was gebeurd.

En met verslindend ongeduld liet hij de uren van de volgende dag voorbijgaan, tot laat in de middag toen hij en de sheriff terugkeerden naar het ziekenhuis.

Opnieuw begroette de behandelende arts hen en zei:

“Hij heeft heel goed gereageerd en coördineert zijn woorden. Hij heeft me verschillende vragen gesteld die ik heb geweigerd te beantwoorden, om hem niet te vermoeien. Ik zei je dat ik je vanavond toestemming zou geven om te spreken, maar heel weinig.

Hij leidde hen naar de kamer waar de gewonde man was. Hij zag er beter uit, want iemand had de verwarde baard die zijn gezicht bedekte afgeschoren. Hij was mager geworden en zijn ogen waren erg helder, maar hij toonde de moed van zijn keiharde menselijkheid.

Hij voelde voetstappen in de kamer, draaide zijn hoofd en herkende zijn mede-ballingschap en mompelde:

"Leslie! ... Jij ... hier ...!

Hij naderde, pakte haar bezwete hand en zei met een accent dat stevig wilde zijn maar trilde:

'Luister naar me, Bird, ja, ik ben het en ik ben hier zoals je zult zien, maar ik ga je één ding vragen. De dokter heeft ons gemachtigd om hem te zien en met hem te praten, aangezien het essentieel is dat we iets weten over wat er met hem is gebeurd, maar voordat hij het ons vertelt, zal hij naar mij moeten luisteren om hem te vertellen hoe ik hier ben en wat er is gebeurd. is gebeurd sinds je tot nu toe gewond raakte. Mijn verhaal zal je behoeden voor het stellen van vermoeiende vragen en zal je alleen beperken tot het vertellen van wat er is gebeurd. Luister daarom naar mij en spreek niet.

Leslie gaf hem een gedetailleerd verslag van zijn hele odyssee sinds hij besloot de stad te verlaten om naar Hitchinson te gaan om erachter te komen wat er met hem was gebeurd, en vervolgens alle stappen die tot op dat moment waren genomen.

De onbeschofte voormalige karavaan deed enorme inspanningen om te spreken en de woede die hem beheerste te onderdrukken en bij twee gelegenheden toen hij probeerde te spreken, onderbrak de arts die hem verzorgde zijn gebaar en zei:

'Spreek nog niet, of je dwingt me deze heren hier weg te sturen. Zijn staat staat bepaalde vrijheden nog niet toe.

Toen Leslie klaar was met zijn verhaal, zei de oude man schor:

"Dank je Leslie, je bent erg goed en ik zal nooit betalen ...

“Stop met het gebruik van nutteloze woorden en vertel wat er is gebeurd, maar op de meest beknopte manier mogelijk.

Bird vertelde hoe ze Adam had gevonden en hoe ze elkaar hadden begroet nadat ze elkaar jarenlang niet hadden gezien. Hij bekende boos dat hij misschien omdat hij een paar whisky's met Adam had gedronken, meer had gesproken dan nodig was en dat hij zich die avond, na samen te hebben gegeten toen ze de steeg overstaken op weg naar de herberg, gekwetst en verloren had gevoeld. bewustzijn. zonder later iets anders te weten.

Pas toen hij weer bij bewustzijn kwam, had zijn fantasie gewerkt om de reden voor deze onverwachte aanval te zoeken en had hij de waarheid vermoed. Adam probeerde hem te vermoorden om alle papieren te stelen en het land te doorzoeken in de naam van een ander.

De sheriff dwong hem te zwijgen en zei:

'Nou, praat niet meer en beantwoord gewoon een paar vragen. Adam vertelde je dat hij voor een veehandelaar werkte, zei hij niet de naam van de handelaar?

“Hij zei het niet, en het interesseerde me ook niet:

'Nou, ik vermoed dat hij voor Swan werkte en deel uitmaakte van zijn team. Dit ruimt enkele donkere vlekken op en Swan zal zeer gecompromitteerd zijn om met vlag en wimpel uit de trance te komen.

“Ik ben er nu van overtuigd dat hij voor die man heeft gewerkt en dat zijn activiteiten niet erg legaal waren. Daarom bood hij, omdat hij voor hem werkte, aan het register te verkopen, wetende dat hij zichzelf aan veel ernstige dingen zou blootstellen als hij probeerde de opbrengst van de diefstal te exploiteren.

“We zullen opnieuw contact opnemen met Swan om hem te dwingen zijn tong los te maken. Hij moet veel over Adam weten en hij moet ons dat vertellen.

“Op dit moment hoef je je geen zorgen te maken of jezelf te kwellen als je denkt aan wat er is gebeurd. We hopen dingen te verduidelijken zodat dit record wordt vernietigd en uw eigendom wordt zoals het hoort.

Bird pakte de hand van de sheriff en mompelde:

"Krijg het voor wat je het liefste wilt, sheriff, want als je het niet krijgt en mijn collega's hun land verliezen vanwege mijn domheid, zou dit leven dat de dokters hebben aangedrongen om aan mijn lichaam te kleven, niets voor mij zijn." en ikzelf zou het afzetten als straf voor mijn fout.

“Wees niet pessimistisch en kalmeer. Ik herhaal dat de zaken op de goede weg zijn en dat vroeg of laat alles zal worden opgelost.

"Het zij zo, Bird", zei Leslie. En doe geen domme dingen. Ik vertrek morgen om mijn collega's te informeren over wat er gebeurt, maar zodra ze op de hoogte zijn, kom ik terug, je kunt hier vijftien of twintig dagen niet weg en we vertrouwen erop dat tegen die tijd alles is opgelost en je komt zonder zorgen met mij terug.

“Moge God het zo behagen, en niet voor mij, maar voor jou.

Leslie en de sheriff namen afscheid van de gewonde man en op straat zei de tweede:

'Ik geloof dat je inderdaad naar je land moet terugkeren en dit in mijn handen moet laten. Swan is goed vastgebonden en ik zal ervoor zorgen om hem beter vast te binden. Alles zal in afwachting zijn dat Adam is gelokaliseerd en ik zal hemel en aarde verplaatsen zodat ze hem ergens kunnen vinden.

Leslie bedankte hem voor de interesse die hij in deze zaak had en bereidde zich voor om de volgende dag te vertrekken. Hij verheugde zich erop daarheen te gaan om weer terug te komen en niet uit het oog te verliezen dat stel boefjes die erop uit waren om hen te ruïneren.

HOOFDSTUK VIII

EEN MISLUKT POGING

In Abilene heerste nog steeds bezorgdheid en niet vanwege Leslie wiens terugkeer nog niet werd verwacht, maar vanwege wat er met Bird had kunnen gebeuren en vanwege het onbekende dat betrokken was bij het niet weten of hun land naar behoren was geregistreerd of niet.

Maximaal vijf ruiters, die erin stopten om het panorama te overdenken en met hun handen tekens te maken alsof ze van plan waren er een nieuwe kolonist in te vestigen.

Het derde lid van het comité dat was aangesteld om eventuele problemen tussen hen op te lossen, was gealarmeerd en omdat hij ook een harde en gewelddadige man was, besloot hij de nieuwkomers te ontmoeten, hen te vragen wat ze daar deden en wat ze deden. aan waren.

Het kwintet bestond uit Swan zelf en vier pionnen van zijn team. De handelaar had besloten het niet op te geven, en, de waarschuwingen van de sheriff minachtend, begon hij het land in bezit te nemen en de geesten van de kolonisten te peilen.

Hij probeerde hen te intimideren en later, om huurcontracten van hen te temporiseren en te verscheuren toen ze ervan overtuigd waren dat ze het recht hadden verloren om dit als het hunne te beschouwen. Hij moest snel manoeuvreren voordat Leslie terugkwam, wetende dat ze nog in het dorp was toen hij het verliet.

De kolonist, Martyn Dickson genaamd, kwam naar voren en nadat hij hen koud had begroet, vroeg:

'Wil je me alsjeblieft vertellen wat je hier doet?

"Waarom niet?" Vroeg Zwaan glimlachend." We bestuderen het terrein om te beslissen waar we mijn ranch gaan bouwen.

'Ik ben bang dat u een fout hebt gemaakt, heren. Dit is geen vrije grond, maar integendeel. Het behoort tot onze gemeenschap van kolonisten en de ranch die hier binnenkort zal worden gebouwd, zal ons eigendom zijn.

'Ik ben bang dat u het bij het verkeerde eind hebt, meneer,' antwoordde Swan koeltjes. Dit land en alles wat je bezit is mijn eigendom. Ik kocht het drie weken geleden van de rechtmatige eigenaar, volgens Hutchinson's kadaster, en het is van mij. Als u twijfelt, breng ik de documenten mee die mij verklaren als de absolute eigenaar van dit alles en hoewel ik van plan ben hier een ranch te vestigen voor mijn vee, ben ik niet van plan ze hier weg te jagen, als ze ermee instemmen ons akkoord door het ondertekenen van huurovereenkomsten. Ik leef graag in vrede met mensen, maar haal ook graag het juiste product uit mijn bezit.

De kolonist, die naar hem had geluisterd met zijn mond open en een vreemd trillen door zijn hele lichaam, stamelde:

'Wat... wat... staat er? Wat... is dit van jou?

"Ik heb dat gezegd en ik breng de documentatie mee die het bewijst. Ik heb het gekocht van degene die het naar behoren op hun naam had laten registreren en ik kan je de papieren laten zien zodat er geen twijfel over bestaat.

De kolonist was even verbijsterd. Zijn eerste vermoeden was dat Bird hen had verraden, alles op zijn naam had geregistreerd om het te verkopen en te ontsnappen met de opbrengst van de plunderingen. Dit rechtvaardigde dat ze niets meer van hem hadden gehoord en dat wat hij had gedaan, in plaats van een ongeluk te hebben gehad, iets onuitsprekelijks was.

Maar weigerend het toe te geven, riep hij uit:

"Wat staat er? Welke Victor Bird heeft dit op jouw naam geregistreerd en vervolgens aan jou verkocht?

'Victor Bird? Ik weet niet wie die man is. Het record is geverifieerd door een zekere Adam Greene, die het aan mij heeft overgedragen.

Martyn haalde opgelucht adem toen hij zich realiseerde dat zijn metgezel geen verrader was geweest, en vol energie antwoordde hij:

'Neem me niet kwalijk dat ik zeg dat we niet toegeven dat dit uw eigendom is. Het dossier moet geverifieerd zijn door onze collega Bird, die hier vertrok met de precieze documentatie en er moet een misverstand van uw kant zijn.

'Wat mij betreft is er geen misverstand, meneer, hier is het register en de aangewezen plaats. Alles wat deel uitmaakt van deze kleine vallei, inclusief de percelen en de stad genaamd Abilene, is opgenomen in het registratieblad. U kunt het zelf controleren.

En hij haalde een map met verschillende papieren uit zijn zak en overhandigde die met de woorden:

'Zie ze en vertel het me als je denkt dat er verwarring is.

De kolonist nam zonder zijn verbazing de papieren aan en bekeek ze. Er zou geen verwarring zijn, want er was een klein plan en de grenzen van de percelen.

Hij gaf de map terug en antwoordde:

'U zult gelijk hebben, meneer, maar ik denk dat u bent opgelicht. Dit is helemaal van ons en we zijn niet bereid om toe te staan dat iemand het van ons komt afnemen nadat we bloed hebben gezweet op deze verlaten landen.

“Het zal zijn zoals het zegt, maar in twee jaar hebben ze tijd gehad om ze te registreren. Als iemand op de hoogte was van een dergelijke achterlating en ze op hun naam heeft geregistreerd, is het jouw schuld. Ik weet alleen dat ik het legaal heb verkregen, zoals deze plaat laat zien en de rest maakt me niet uit.

“Ik bied je de mogelijkheid om een gunstig akkoord te bereiken zonder achterom te kijken, maar je aan het heden te houden, als je het afwijst, erger voor je, want dan zul je me dwingen een beroep te doen op andere, minder vriendelijke middelen om te verdedigen wat van mij is.

“We zullen ook een beroep doen op die media om te verdedigen wat meer van ons is dan van hen, ook al denken ze daar anders over.

'Daag je me uit? vroeg Swan agressief.

“Je daagt ons uit dat het niet hetzelfde is. Hier hebben we twee jaar geleden onze hielen genageld en hier zullen ze genageld blijven zolang we de moed hebben om het te verdedigen. Alleen met onze voeten naar voren kunnen ze ons uit die velden krijgen.

"En dit is mijn mening, ik kan je vertellen dat het die van de rest van mijn teamgenoten zal zijn. Ik zal je een verklaring geven van zijn claim, maar ik vermoed dat hij heel weinig kans heeft om zich op dit land te vestigen een enkel vee , geen enkel stuk hout om die ranch te bouwen.

'Dat zullen we zien. Ik heb er de juridische kracht voor.

"We hebben nog een snellere kracht.

'Denk je dat ik het niet mag hebben?

"Ik weet het niet, maar dat zal te zijner tijd blijken. Daarom, als je wilt voorkomen dat je nutteloos bloed morst, ga dan hier weg en er zal geen gevecht zijn.

"Ik weet ook hoe ik mijn hielen op de grond moet houden als ik besluit ze hard te spijkeren.

"Nou... daar heb je de consequenties.

En hij draaide zich om en liep weg van de velden, om zijn metgezellen op de hoogte te stellen van de beweringen van Swan.

Hij was woedend over de energieke en agressieve houding van de kolonist. Als zijn metgezellen dezelfde slechte houding aannamen, zou hij zijn moed kunnen volbrengen om dit niet in de steek te laten, terwijl hij met dat kleine handjevol mannen geen honderd woedende kolonisten het hoofd kon bieden.

Martyn was er snel bij om het woord te verspreiden, zodat iedereen zich onmiddellijk op het stadsplein zou verzamelen. De vergadering had een dringend karakter en er mocht geen minuut verloren gaan.

Margaret, die zichzelf begreep, rende op zoek naar Martyn en vroeg:

"Wat is er aan de hand? Wat willen deze mannen?

De kolonist gaf haar een kort verslag van de zaak, terwijl de kolonisten kwamen en de jonge vrouw gespannen uitriep:

'Hoe zou dat kunnen, Martyn? Als ons land op naam van een ander is geregistreerd, moet worden toegegeven dat het kwam omdat Bird werd vermoord en zijn papieren waren gestolen. Bird was een integer man, niet in staat om zulk verraad te plegen.

'Dat is wat ik denk, maar hoe het ook zij, de gronden zijn op naam van iemand anders geregistreerd en aan die vent verkocht. Het moet zo zijn geweest, Margaret.

"Maar ... hoe is Leslie daar niet achter gekomen en is ze er al achter gekomen zodat we weten wat er is gebeurd?

"Ik weet het niet, maar ... je moet erop vertrouwen dat hij niet stil zal zitten en dat hij zal werken om de zaak op te helderen. Leslie is nogal een man en zal weten hoe te handelen afhankelijk van de omstandigheden.

'Ik heb het altijd zo geloofd, maar... als er niets kan worden gedaan om deze onteigening te voorkomen, wat kunnen we dan doen om te verdedigen wat ons leven is?

“Er is maar één manier; verdedig het met wapens in de hand.

“Ja, maar tegen de wet, hoewel deze wet niet de wettelijke is.

“We zullen ons blootgeven. Tussen verlaten sterven in de wei, of met wapens in de hand, heeft dat laatste de voorkeur.

“Die man zal een beroep doen op de autoriteiten. Ze beschermen je.

'De wet is nog ver van hier en geen enkele sheriff zou iets bereiken. Ik betwijfel of hij een cavalerie-eenheid kan sturen om ons hier weg te schieten.

Het is jammer wat er gebeurt, maar we moeten ons met moed bewapenen en alle plunderingen het hoofd bieden. Het duurt niet lang of Leslie zal terugkeren en hij zal ons volledig informeren en ons vertellen wat we moeten doen.

'Denk je... dat... zal terugkeren? vroeg ze radeloos.

Waarom zou hij niet?

'Wat als... ze een val voor hem hebben gezet, hoe hadden ze die dan voor Bird kunnen zetten?

"Leslie was gewaarschuwd en is geen zelfverzekerde oude man zoals Bird, maar een overdreven slimme man. Ik ben niet bang voor zijn leven.

"Moge God je horen, dat is wat ik van je vraag.

Martyn scheidde zich van de jonge vrouw om zich weer bij de rest van de kolonisten op het plein te voegen. Ze hadden allemaal geraden dat er iets ernstigs aan de hand was, toen ze zo dringend waren geroepen.

Martyn informeerde hen kort over de reden voor de aanwezigheid van deze mannen op de prairie en over de rechten die hij beweerde hun land te bezitten.

De opschudding dat het productnieuws groot was. Ze hieven allemaal hun armen naar de hemel met gebalde vuisten en zwoeren dat ze alleen levenloos zouden worden weggerukt. Toen de kolonist klaar was met uitleggen wat er aan de hand was, vroeg iemand:

"Hoe kon dat gebeuren? Wat doet Leslie dat niet al hier is om ons te informeren?

"Als hij niet is gekomen, zullen zijn redenen hebben. Het is niet onze missie om de beweringen van deze mensen te begrijpen en te wachten op hun terugkeer om veel dingen te leren die we negeren, maar wat dringend is, is om deze mensen niet de prairie in bezit te laten nemen. van ons samen laten we daar aanwezig zijn om ze uit te nodigen om te verdwijnen.

Wat als ze weigeren?

"Dan, erger voor hen; We zullen ze neerschieten.

Niemand weigerde de aanwijzingen van Martyn op te volgen en, hun wapens nodig hebbend, verlieten ze het dorp om naar de prairie te gaan.

Toen Swan de vastberaden houding van de kolonisten opmerkte, voelde hij een rilling van angst. Honderd gewapende mannen waren te veel mannen om mee om te gaan, vooral als ze onder de invloed waren van verrassing en woede.

"Pas op! "Hij waarschuwde." Laat niemand nerveus worden en schieten als ze het niet proberen. Laat me spreken.

De groep kolonisten rukte op, zwaaiend met revolvers of geweren. Ze waren alert voor het geval ze door schoten werden beschoten. Toen de compacte groep zich twintig passen van Swan bevond, die een beetje was opgeschoven met zijn pionnen achter zich, deze ook met gespannen revolvers, riep hij:

'Doe niet zo gek en leg die wapens neer! Geweld is niet de reden en ze kunnen elk moment de gevolgen ondervinden van hun zenuwen te laten springen.

“Ik ben in vrede gekomen en met de wens om een overeenkomst met u te bereiken. Het is niet door te fotograferen hoe bepaalde dingen worden opgelost.

Martyn antwoordde onverschillig:

"Hij heeft ons zijn redenen al uitgelegd en ik de onze. Er is maar één oplossing; Of ze verlaten dit land binnen vijf minuten, of we schieten ze neer en geven ze geen nieuwe kans om terug te keren.

"Denk je dat je daarmee iets vooruithelpt? Ik kan teruggaan naar de autoriteiten om hen te dwingen hun percelen te ontruimen en als ze me daartoe dwingen, zal er geen schikking zijn. Ik zal wreed zijn en geen enkele toestaan Ik denk dat het beter is om ermee in te stemmen dan om te vechten.

Maar Martyn antwoordde energiek:

“Er is geen pact dat de moeite waard is. Of ze gaan weg of ik beveel ze te schieten. Maak in één keer een besluit.

Het moment was verschrikkelijk tragisch. De kolonisten leken klaar om het bevel uit te voeren van degene die het bevel over hen voerde en ze beseften allemaal dat het suïcidale dwaasheid was om de strijd te aanvaarden.

Maar voor Swan was dit een vernedering die hij moeilijk kon accepteren. Ten eerste, voor het morele deel en ten tweede, omdat hij vreesde dat, als hij gedwongen zou worden afwezig te zijn in de prairie, het hem slecht zou aflopen en als Adam ontdekt zou worden, hij uiteindelijk bepaalde dingen zou bekennen die dat betwiste eigendom ongeldig zouden maken. record , waardoor hij de tienduizend dollar die hij had betaald verloor.

Maar voorlopig stond brute kracht aan de kant van de kolonisten en niets kon ertegen.

Rabid antwoordde:

'Oké, je hebt het zo gewild en dat zal ook zo zijn. Op een dag, niet ver weg, zal ik komen met de nodige kracht om mijn rechten op te leggen en die dag zullen ze beseffen hoe gek ze mijn voorstellen niet hebben geaccepteerd. Als je iets hebt dat wettelijk niet van jou is, word je er vroeg of laat van ontdaan.

'Er is een halve minuut verstreken, meneer. Als hij het andere medium verliest door woordenstroom te verspillen, dwingt hij ons te schieten. Denk er eens over na

Ik was aan het nadenken en Swan wendde zich tot zijn mannen en zei:

'Laten we gaan, maar laat ze denken dat we het niet voor altijd doen. U hoort snel van ons.

De groep trok aan de teugels van hun paarden, draaide hun hurken om en verliet de weide.

De kolonisten hadden de eerste schermutseling gewonnen, maar dit betekende niet veel. Ze realiseerden zich dat ze met de wet werden geconfronteerd en dat dit erg gevaarlijk was als de mensenhandelaar een beroep zou doen op alle middelen die hem gunstig gezind waren, om uiteindelijk iedereen van hun complotten te gooien met de haak of door de boef.

Maar ze waren koppig en wanhopig. Ze verdedigden moeder aarde, degene die van hen was, degene die ze hadden bevochtigd met het zweet van hun voorhoofd, en ze konden niet zonder slag of stoot de vrucht van die enorme inspanning prijsgeven.

* * *

Een dag later keerde Leslie, nadat ze het eerste deel van haar werk in Hitchinson had voltooid, terug naar het dorp en wilde zo snel mogelijk arriveren om haar metgezellen op de hoogte te stellen van het nieuws dat was opgekomen en hen gerust te stellen over haar persoon.

Ze deed het te paard, zoals ze was gegaan, want de wagen had haar in de stad achtergelaten voor wanneer ze terug kon komen en Bird, die nog herstellende was, kon brengen.

Hij was meer dan vijftig kilometer van de stad en liep over een verlaten weg, toen hij in de verte en in de tegenovergestelde richting reed, een groep ruiters ontdekte die de weg van Hitchinson leken te volgen.

De kolonist schrok van de ontdekking. Deze rechte lijn naar Abilene werd niet bezocht en de aanwezigheid van de ruiters maakte geen indruk op hem.

Zouden ze terugkeren uit hun dorp? Waren ze daarheen gegaan met de bedoeling een plundering te plegen? Het zou een kleine bende rovers kunnen zijn en als dat zo is, zou het niet handig voor hem zijn om ontdekt te worden, aangezien het minste dat kon gebeuren was dat ze hem aanvielen en zijn rijdier stalen.

En als dat zou gebeuren, was dertig mijl te voet op zijn best heel wat mijlen te gaan.

Hij zou een plek zoeken om zich te verstoppen en proberen een glimp van de ruiters op te vangen.

Hij draaide snel naar links en zocht bescherming tegen een paar rotsblokken die bijna tot aan de rand van het pad oprezen. Ze waren groot genoeg om hem en zijn paard te verbergen.

Maar ondanks de snelheid waarmee hij de manoeuvre uitvoerde, kon hij niet voorkomen dat een van de ruiters hem ontdekte toen hij zich gehaast verstopte.

De ruiter die zich tot Swan richtte, riep uit:

'Baas, daar kwam een ruiter aan en die heeft zich achter dat conglomeraat van stenen verstopt. Denk je dat het een eenzame overvaller kan zijn die ons bij verrassing probeert aan te vallen?

'Heb je het paard opgemerkt? vroeg hij plotseling.

"Ja, hoewel niet erg goed. Hij is paars van kleur en heeft een goede hoogte.

Zwaan glimlachte vreemd. Hij had net gedacht aan Leslie, wiens paard hij bij de poorten van het kantoor van de sheriff had gezien en hem als een gevaarlijke kerel beschouwde, had verzwegen dat hij naar zijn land terugkeerde om zijn metgezellen rekenschap te geven van de maatregelen die de sheriff had genomen om zijn recht om te beschikken over wat met zulke slechte kunsten was verworven.

En als hij hem daar liet komen, dan zou hij afscheid kunnen nemen van het intimideren van de kolonisten en valselijk een min of meer groot deel van het geld dat hij aan Adam had betaald en dat hij gedoemd was te verliezen, te ontnemen.

En hij moest het vermijden. Niemand wist (of hij geloofde het tenminste) dat hij op dat moment de kolonisten bezocht; Daarom, als er achteraf een valse snede werd gemaakt en dit kon worden bevestigd door hun arbeiders, dan zou het de kolonisten in onwetendheid achterlaten van wat er gebeurde en hen zou kunnen blijven bedreigen.

Hij moest Leslie onderdrukken. Later, toen zijn lijk zo ver van Hitchinson werd gevonden, zoals in die nog steeds half verlaten landen, was er geen autoriteit in de buurt, laat hen uitzoeken wie hem had vermoord.

En zich wendend tot degene die alarm had geslagen, zei hij:

"Hij is geen overvaller, maar voor mij is hij iets ergers. Ik moet het elimineren als ik van gemoedsrust wil genieten door me te vestigen in die weide waar we het vee straffeloos kunnen verbergen; Je gaat me helpen hem te liquideren. Ik heb honderd dollar voor elk als we het redden.

"Wat is er te doen?

'Voorlopig, blijf langzaam lopen, alsof we je niet hebben gezien.

Als we bij de rotsen komen, gaan jullie twee je gang en passeren ze, terwijl wij drieën achterblijven en als ik fluit, sommigen rechts van hem en anderen links van hem, omsingelen we hem en schieten op hem. Je moet geloven dat we je niet hebben ontdekt en als je je fout realiseert, zal het laat zijn.

“Maar in afwachting van iets onvoorziens, zet je de rand van je hoed goed over je ogen, zodat het niet gemakkelijk voor hem is om ons te herkennen. Je moet voor alle details zorgen.

Nadat ze de door de mensenhandelaar opgelegde voorzorgsmaatregelen hadden genomen, rukten ze verder op en keken ze scheef naar de kliffen voor het geval ze zouden ontdekken dat de kolonist hen besluipt.

Leslie verstopte zich tussen de rotsen en verborg haar paard tussen twee stenen blokken en aangezien ze het pad vanaf daar niet kon zien, besloot ze een ander blok stenen te beklimmen, vanaf wiens hoogte het mogelijk zou zijn om de mysterieuze groep in de gaten te houden. .

Die inspiratie zou zijn leven redden zonder het te beseffen.

Hij bereikte de stenen en verborgen door een van hen, kon hij, discreet uit een van hun zijden gluren, de opmars van de ruiters volgen.

En toen ze heel dichtbij waren, hield hij niet op te observeren dat ze de rand van hun hoeden erg laag droegen en zelfs meer dat, terwijl ze verder gingen, ze eraan hadden getrokken om ze tot het uiterste te laten zakken.

En dit zette hem meer op zijn hoede. Het detail, waar niemand liep om ze te zien, deed hem begrijpen dat er een krachtige reden was voor die manoeuvre en de reden was dat ze hem hadden ontdekt en langs wilden gaan om hem te beroven van het kunnen zien van hun gezichten.

Ondanks deze voorzorg trok een van de vijf zijn aandacht. Hij kon zijn gezicht niet zien, maar aan zijn silhouet meende hij de sluwe Zwaan te herkennen.

En aangezien hij wist dat ze uit Sterling was verdwenen kort voordat hij op de terugreis vertrok, kostte het niet veel moeite om te raden dat de reden voor zijn afwezigheid was dat hij in Abilene opdook om zijn metgezellen te dwingen en wie hij kende om hen dwingen. teken een document dat hen in gevaar zou brengen, in ruil voor bepaalde valse beloften van gemakkelijke huurovereenkomsten.

Zijn eerste impuls was om te wachten tot ze binnen het wapenbereik waren om de machiavellistische dealer neer te schieten, maar hij hield zich in. Er was veel geluk voor nodig om met vijf te vechten en als overwinnaar uit de strijd te komen. Hij zou ze voorbij moeten laten gaan zonder ze te negeren en snel naar het dorp moeten marcheren om erachter te komen wat zijn vijand daar kwam doen.

Hij volgde hen aandachtig met de blik van een adelaar en het veulen in zijn hand, toen hij plotseling zag hoe de eerste twee de loop van hun rijdieren kronkelden in een poging de rotsen aan hun linkerkant te bereiken, terwijl de anderen aan de rechterkant deden .

En hij begreep de manoeuvre. Ze hadden hem zien verbergen en probeerden hem op te sluiten in een cirkel van revolvers. En hij aarzelde geen moment. Zijn Colt zocht naar wat hij dacht dat Swan was en schoot hem neer. Hij miste het schot, hij miste hem omdat een van zijn pionnen voor de dealer was gekruist toen hij vuurde en de kogel een ander doel had bereikt dan het voorgestelde. De pion, goed geraakt, viel abrupt van het paard, terwijl de rest, zich realiserend dat er geen ruimte voor verrassing was, zich haastte om te vuren tegen de hoogte waar Leslie in een hinderlaag had gelopen.

Maar voor de belegerde kolonist was er een gevaarlijke moeilijkheid, en dat was dat hij niet op twee fronten tegelijk kon optreden. Na zijn verrassingsschot en de val van de pion, hadden de andere vier snel hun paarden uit de buurt van de rotsen gescheiden en schoten op afstand aan beide kanten. Leslie zwaaide heen en weer en probeerde de twee groepen bij te houden. Een onoplettendheid zou het voor sommigen van hen gemakkelijker kunnen maken om hem te naderen en op te jagen, aangezien de bescherming van de rots niet meer was dan hem een frontale borstwering aan te bieden.

De kolonist verdedigde zich met energie tegen de belegering en leek soms door naar links en anderen naar rechts te schieten respect af te dwingen voor de belegeraars, die niet te dichtbij durfden te komen uit angst het lot van hun metgezel te ondergaan.

Leslie gebruikte de lading van zijn revolver en werd gedwongen de kostbare tijd te verspillen die nodig was om een half dozijn patronen terug in de loop te stoppen; de sluwe Zwaan, die op die onderbreking in de verdediging leek te wachten, toen Leslie stopte met vuren om het wapen te herladen, rukte op met zijn paard op zoek naar het zwakke punt van waaruit hij hem kon aanvallen.

En het was precies op het moment dat de kolonist met de Colt in een positie om door te gaan met vuren terwijl hij langs de kant gluurde waar de dealer was opgeschoven, een hoge kreet van pijn uitsloeg en de revolver liet vallen die, los van zijn hand, viel met een metaalachtig geluid stuiterend toen het de rotsblokken raakte.

Swan had hem op de rechterarm geraakt en als gevolg van de samentrekking was hij de revolver kwijt. Op dat moment was hij overgeleverd aan de genade van zijn vijanden, die klaar leken om hem af te maken.

Swan, die zijn succes besefte, schreeuwde:

'Het is van ons, jongens! Je bent de Colt kwijt!

De vier maakten zich klaar om hun vuur op de ongelukkige kolonist te concentreren, toen plotseling twee donderende ontploffingen, niet door een Colt, maar door een geweer, trilden en de galop van een naderend paard werd opgevangen.

Swan realiseerde zich in welk gevaar ze verkeerden. Hun revolvers konden binnen bereik niet concurreren met een wapen van dat kaliber, en wie Leslie te hulp kwam, kon ze veilig neerschieten.

En woedend brulde hij:

'Galopperen iedereen, laat hem ons niet inhalen of we zijn dode mannen!

En het kwartet gaf het beleg op en ondernam een verbazingwekkende galop, achtervolgd door het geweer van de mysterieuze verschijning, maar gelukkig voor hen verhinderde de mobiliteit van de paarden dat ze een van hen konden raken.

De ruiter aarzelde even tussen het voortzetten van de jacht of het stoppen. Hij veronderstelde dat ze op iemand hadden geschoten die verborgen was tussen de rotsen en hij vreesde dat hij was geraakt.

HOOFDSTUK IX

DE OMHEINING VERsmallen

Degene die verscheen voordat hij de rotsen naderde en in afwachting van aangevallen te worden als hij werd aangezien voor een van de voortvluchtigen, riep:

'Wie is daar? Ga weg, wie het ook is, zonder angst. Ik ben een van de hulpsheriffs van Hitchinson.

Leslie; Toen hij hem hoorde, ademde hij opgelucht en tuurde van achter de rots terwijl hij probeerde het bloed dat uit de wond stroomde in te dammen, antwoordde hij:

'Ik kom eraan, commissaris... Wacht even.

Hij werkte zich een weg naar beneden totdat hij het volledige deel bereikte en voor de commissaris verscheen. Dit, hem herkennend, riep uit:

"Hoe gaat het met jou?

'Je kent me toch? Ik ben degene die de aanklacht wegens huisvredebreuk heeft ingediend bij je sheriff.

'Natuurlijk ken ik hem, en ik ben degene die de sheriff uitkoos, zodat hij Swan niet uit het oog zou verliezen.

"Dus ik ben niet misleid door aan te nemen dat een van degenen die de groep vormden die schurk was.

"Nee, je bent niet voor de gek gehouden, maar wat is dat? Ben je gewond geraakt?

'Ja, al vind ik het niet belangrijk. Ze maakten gebruik van het moment waarop ik de revolver moest herladen om naar me toe te komen en op me te schieten. Ze deden het met zoveel geluk dat ik, toen ze me in de arm verwondden, de revolver verloor en als je niet zo op tijd arriveerde, zouden ze me hebben vermoord.

"Waarom?

"Misschien omdat ik degene ben geweest die alle leugens heeft ontdekt en die het meest vastbesloten is geweest om deze plundering te voorkomen.

"Nou, kom maar eens kijken naar die wond.

Hij hielp haar haar arm uit de mouw van haar jas te halen en bekeek haar aandachtig.

'Het lijkt niet ernstig, zoals je zegt. Een hap van de kogel meer spectaculair dan verontrustend. Heb je een zakdoek?

"Ik heb er twee.

'We zullen het gewonde ledemaat stevig vastbinden, dat is alles wat we op dit moment kunnen doen en ik denk dat het goed stand zal houden totdat we het dorp bereiken.

'Dat hoop ik ook. Wat ga je doen?

'Het was niet mijn plicht om me los te maken van die vent, maar voor het geval je onmiddellijk hulp nodig had, heb ik je laten ontsnappen. Hij moest kiezen tussen de twee.

En ik waardeer het. En aangezien het niet meer gemakkelijk voor hem is om verder te jagen, nodig ik hem uit om met mij mee te gaan naar het dorp. Daar zullen we alles uitleggen wat er is gebeurd en zodra ik genees, zullen we terugkeren om de terugkeer naar Hitchinson te ondernemen. Nu kunnen we echt niet stoppen en dingen grotere vluchten laten maken.

De commissaris antwoordde, na een moment van overpeinzing:

“Ik accepteer je uitnodiging, vooral omdat ik de voorraden die ik in mijn reistas had opgebruikt heb en ze moet aanvullen om terug te keren.

“Laten we dan geen tijd verspillen en op pad gaan. Ik hoop dat de wond me niet verhindert te galopperen en terwijl we dat doen, zul je me uitleggen wat er is gebeurd.

Ze bestegen hun paarden nadat ze Leslie's revolver hadden opgepakt, maar al in het zadel zei de commissaris:

Een ogenblikje. We mogen niet vergeten dat een van zijn aanvallers is overleden. Ik ga zijn kleren doorzoeken om hem te identificeren en dan laat ik hem half verborgen in de rotsen tussen de rotsen.

Hij greep zijn revolvers en zijn paard. Hij zou het naar het dorp brengen en later naar Hitchinson.

Toen hij weer in het zadel klom, ging hij naast Leslie staan en gingen ze op weg.

"Ben je erg van streek?" Vraag ik.

“Nee, het doet natuurlijk pijn, maar het is te verdragen. Meer dan alleen aan de pijn te denken, zou ik graag willen dat je me vertelt wat er is gebeurd.

“Niet lang, ik volgde Swan op een afstand, die werd vergezeld door nog vier mannen, tussen Sterling en Hitchinson, het was moeilijk voor mij om hen naar het dorp te volgen zonder ontdekt te worden. Al daar, en verborgen in de depressie die de kleine vallei afsluit, kon ik zien hoe een van zijn metgezellen hen tegemoet kwam en met Swan sprak. Ik weet niet wat ze zouden zeggen, maar ik weet wel dat zijn metgezel zich terugtrok om later terug te keren, vergezeld van alle tot de tanden bewapende kolonisten. Er ontstond een heftige discussie, maar het kwintet, bedreigd door zoveel wapens, besloot de wei te verlaten en weer terug te keren.

Ik volgde hen op grote afstand, toen ik de manoeuvre begreep die gemaakt was om rond de rotsen te gaan en toen het gedonder van de wapens. Ik kon me niet voorstellen dat jij het was, maar wie je ook was, moest ingrijpen en grijpt in. Ik ben ruim op tijd aangekomen, want als ik een paar minuten had verwaarloosd, had ik niet meer dan zijn lichaam kunnen verzamelen.

“Dat klopt en ik dank u oneindig voor uw tussenkomst. Ik ben in gevaar geweest, maar het lijkt me dat die buharro een serieuze fout heeft gemaakt die hem duur zal komen te staan. Als ik had aangeklaagd dat hij me wilde vermoorden, zou ik niets hebben bereikt omdat hij geen getuigen had, maar als je tussenbeide bent gekomen, ben je een autoriteit, dingen verschillen. We zullen zien wat die man nu doet.

“Wat ik voel is dat ik haar spoor kwijt ben en wie weet of het makkelijk zal zijn om haar te vinden. In ieder geval bent en blijft u getuige van mijn gedrag als ik mijn baas vertel waarom ik uw instructies niet naar de letter heb kunnen uitvoeren.

“Maak je geen zorgen, je baas is een zeer begripvolle man en zal de situatie oppikken.

“Als we nu in het dorp zijn, rusten we een dag of twee uit en gaan we meteen weer op pad. De zaken worden duidelijker en ik hoop dat ze, als het niet lang duurt, volledig opgehelderd zullen zijn.

Leslie en de commissaris moesten de nacht in de wei doorbrengen en omdat de wond aan zijn arm hem te veel hinderde, moest de commissaris zijn zakdoeken losmaken en een beekje zoeken waar hij de wond kon wassen. Daarna bracht ze een kruidenkompres op hem aan en verbond hem opnieuw.

De volgende dag in de middag kwamen ze aan in Abilene en toen iemand hen daarheen had ontdekt, verspreidde het bericht zich snel en ze gaven allemaal hun taak op om hen tegemoet te gaan.

Degene die het meest rende was Margaret, die, toen ze ontdekte dat Leslie haar arm had vastgebonden met zakdoeken en haar kleren met bloed bevlekt waren, in angst uitriep:

"Leslie, voor alle heiligen! Wat is er met je gebeurd?

Hij sprong van het paard en knuffelde haar glimlachend en antwoordde:

'Het was niets, mijn liefste; een val van het paard dat me pijn heeft gedaan.

'Lieg niet, dat bloed is niet van een val. Jij... je bent neergeschoten.

"Nou, het was eigenlijk een schaafwond door een kogel, maar wees niet bang, het was niet erg. Er is iets belangrijker dan mijn blessure.

En tegenover zijn metgezellen die een grote cirkel vormden, riep hij uit:

'Dit is een van de plaatsvervangers van de Hutchinson Sheriff. Ik heb mijn leven aan hem te danken, omdat hij onverwachts verscheen toen een groep van vijf mannen me in een hoek in een aantal rotsen had geklemd en ontwapend omdat ik de revolver had verloren.

Martyn kwam naar voren en zei:

"Vijf mannen? Dus... het kunnen alleen degenen zijn die hier twee dagen geleden zijn geweest, met het voorwendsel dat ze zich op de prairie hebben gevestigd, bewerend dat zij de echte eigenaren zijn van alles waarvan we dachten dat het van ons was. Wat weet je daarvan , Leslie?

“Ik weet veel dingen en, als ik terug ben, was het om je gerust te stellen en je te vertellen je kalmte of wanhoop niet te verliezen. Het ding is een beetje warrig op dit moment, maar alles begint zich in ons voordeel te ontwikkelen. Zodra ik u goed op de hoogte heb gehouden en met specifieke instructies over wat u moet doen, zullen we een dag rusten en terugkeren naar Hutchinson, de commissaris en ik.

"Niet doen! "riep Margaret." Je stelt je leven niet meer bloot. Als goed of kwaad voor iedereen is, laat anderen dan hun leven ook blootleggen.

“Bird heeft haar ontmaskerd en bevindt zich al meer dan twee weken tussen leven en dood, maar gelukkig gaat het beter met haar en lijkt het gevaar af te nemen. Op dit moment, zonder deze betekenis die ik mezelf geef om meer waard te zijn dan wie dan ook, kan de missie die nog moet worden opgelost alleen door mij worden uitgevoerd, omdat ik degene ben geweest die directer in deze zaak heeft ingegrepen en wie heeft het blootgelegd. Luister goed naar wat ik u te vertellen heb en u zult beseffen dat ik degene moet zijn die de inspanningen voortzet totdat de zaak is opgelost.

Omdat iedereen graag wilde dat het raadsel dat het register van hun land bevatte zou worden ontcijferd, informeerde Leslie hen in allerlei details, vanaf het moment dat hij in Hutchinson aankwam, totdat de commissaris had ingegrepen om zijn leven te redden toen ze op het punt stonden hem te vermoorden.

Een boze Martyn grapte:

“Wat jammer dat ik dat niet eerder had geweten, want als ze dat hadden gedaan, zouden die vijf buharros hier voor altijd zijn gebleven!

'Het maakt niet uit,' merkte Leslie op. Nu zal Swan moeite hebben om ergens te komen waar hij kan worden herkend. Het rapport van de commissaris, waarin hij wordt beschuldigd van een poging mij te vermoorden, plaatst hem buiten de wet en hij zal heel voorzichtig zijn om ons niet opnieuw te dwingen. Hijzelf, die dom is, heeft zijn vleugels uitgeslagen en in geen geval zou hij die rechten kunnen blijven claimen, want hij zou zijn gezicht moeten laten zien en hij zou zichzelf aan de kaak stellen.

“Natuurlijk lost dit het conflict niet op, want wat we nodig hebben is dat deze gestolen registratie wordt vernietigd, zowel voor Greene als Swan en dat de gronden die van ons zijn aan ons worden toegekend. Dat is wat ik weer naar Hutchinson moet, en zo moet je het begrijpen.

Maar Margaret gaf niet op.

“En waarom zou iemand anders dat niet kunnen? U bent niet in staat om opnieuw met uw gewonde arm te reizen.

'Ik zeg je dat het niets is en nu je me geneest, zul je het begrijpen.

Ik ben degene die de procedure heeft uitgevoerd, die in contact staat met de sheriff en wie Swan kent en ik kan hem herkennen en hem ergens ontdekken. Aan de andere kant, als de gelegenheid zich voordoet, moet ik hem de laffe hinderlaag in rekening brengen die hij voor mij heeft gelegd. Om al deze redenen dwingt mijn plicht me terug te keren naar Hutchinson en ik zal terugkeren.

Omdat het nutteloos was om aan te dringen, moest Margaret zich neerleggen en nam hem mee naar de hut om zijn arm serieus te behandelen, terwijl de kolonisten de commissaris overnamen die ze uitnodigden om te eten, omdat de man honger had.

Margaret ontdekte dat Leslie's wond inderdaad meer spectaculair dan ernstig was, en nadat ze hem goed had gewassen en een in arnica gedrenkt kompres had aangebracht, verbond ze hem met een stuk laken.

'Ben je overtuigd? Vroeg hij terwijl hij haar in zijn armen hield.

"Niet doen ...! Ik denk dat ik op het punt stond je te verliezen en dat niemand kan weten of wat ze vandaag niet hebben bereikt, ze een andere dag zullen bereiken.

'Dit was een toevallig ongeluk, vrouw. Wie zou vermoeden dat die buharro hier was en dat hij hem onverwachts tegen het lijf zou lopen?

“Maar net zoals deze is ontstaan, kan een andere ontstaan en niet zo goed uitkomen als nu.

“De dingen verschillen nu heel erg. Tot gisteren kon Swan vrij bewegen, maar na zijn taak en wetende dat hij kan worden aangeklaagd voor poging tot moord, zal hij zich moeten verbergen en niet vrij kunnen lopen. Hij heeft zelf vuil in zijn ogen gekregen door zo ver te gaan in een poging om obstakels uit de weg te ruimen die hem ervan weerhouden om onze gewassen in bezit te nemen.

'Nu moeten we de pogingen om Adam te lokaliseren, en zelfs Swan, verifiëren, hen dwingen zich uit te spreken, de eerste zijn misdaad te bekennen en de tweede dat hij wist dat wat hij kocht het product was van een overval. Alleen op deze manier kunnen we bereiken dat de oorspronkelijke registratie wordt vernietigd en op onze naam wordt geplaatst, waarmee we onszelf voor altijd bevrijden van nieuwe pogingen tot plundering.

"Ik moet Bird ook meenemen als het voorbij is en hij fit is om te reizen. De arme man heeft de naïviteit ruimschoots betaald om zijn oude metgezel te informeren over de reden die hem naar Hutchinson had geleid.

"Ik vraag je om sereniteit te hebben en de dingen te accepteren zoals ze zich voordoen. Als we deze reis niet hadden gemaakt, zouden we ons in een wanhopige situatie bevinden, omdat het voor mij niet mogelijk zou zijn geweest om deze puinhoop aan het licht te brengen en op een dag zouden we zijn beroofd van wat zo belangrijk voor ons is.

We hebben gevochten om deze stukken land, de moeder aarde die ons levensonderhoud is, veilig te stellen en om het te blijven bezitten door er het juiste product uit te halen, we moeten allerlei offers brengen. Maar de meest serieuze, degenen die we hebben kunnen overwinnen, bieden ons een veelbelovender panorama en we moeten niet halverwege stoppen met bloot te leggen dat ze ons van alles zullen beroven.

"Als dit opklaart en de zaken op hun juiste plaats zijn, zullen we trouwen, zullen we al onze inspanningen doen om te consolideren wat er is bereikt en zullen we net zo gelukkig zijn als we hebben gedroomd, want moeder aarde zal ons blijven geven de vruchten ervan, die dankbaar is en weet hoe ze aan haar kinderen alle schatten moet geven die ze in haar ingewanden verbergt, wanneer haar kinderen voor haar zorgen met de liefde die in een moeder zou moeten worden gelegd.

Margaret kon de woorden niet vinden om die van haar verloofde te weerleggen. Ze was ook een dochter van Moeder Aarde en ze kon er niet omheen dat ze haar moest verdedigen met alle vasthoudendheid van een echte zoon.

"Je hebt gelijk, Leslie" bekent uiteindelijk. Maar als ik bedenk dat, voor het verdedigen ervan, het enige dat het je als beloning kan geven een gat is dat bedekt is in dat land waarvoor we zo veel vechten, gaat mijn vlees open.

"Ik besef het, maar God is goed en rechtvaardig en weet degenen onder ons die oprecht vechten om te leven en niets liever willen dan wat van ons is, met zijn mantel te bedekken.

"Ik ben er zeker van dat dit goed en snel zal aflopen en dat er geen nieuwe dreigingen zullen ontstaan. Laat me de begonnen missie afmaken en kalm zijn, want ik zal weten hoe ik over mijn leven moet waken, niet alleen voor mij, maar ook voor jou, die voor mij alles is; jij bent de aanvulling van die moeder aarde van onze liefdes, want moreel gezien ben jij de beste vrucht die ze mij heeft geschonken.

De volgende dag brachten Leslie en de commissaris het door in het dorp om alles voor de nieuwe reis voor te bereiden. De kolonisten zorgden ervoor dat ze voedsel voor hen klaarmaakten voor zo'n lange reis en die rust beviel hen heel goed.

Leslie voelde een onbehaaglijk gevoel in zijn arm, maar hij probeerde hem vast te houden en de revolver te hanteren en ontdekte met voldoening dat hij niet in staat was een wapen te hanteren.

Margaret zorgde ervoor dat hij een pakje pluis, verband en een fles arnica voor hem maakte. De commissaris beloofde hem onderweg te genezen, en wanneer ze Hutchinson zouden bereiken, indien nodig, zou hij hem door de dokter laten zien.

Na vijf saaie en vermoeiende dagen te paard kwamen ze op een middag eindelijk aan in de stad en zonder tijd te verspillen gingen ze naar het kantoor van de sheriff.

De commissaris had haast om zijn baas te informeren over wat er was gebeurd, en rechtvaardigde het feit dat hij niet jaloers kon blijven op de gevaarlijke mensenhandelaar.

Toen de sheriff hen samen in zijn kantoor zag verschijnen, vroeg hij verbaasd:

'Bent u hier al, meneer Simpson? En hoe komt het tot mijn commissaris?

Hij stapte naar voren om te zeggen:

'Neem me niet kwalijk, baas, maar iets ernstigs heeft me gedwongen die pad van Zwaan te laten ontsnappen aan alle toezicht. Ik moest het doen als ik het leven van deze man wilde redden en ik aarzelde geen moment om die plicht te vervullen. Als ik dat niet heb gedaan, neem dan de maatregelen die u het meest rechtvaardig acht.

'Ik veronderstel dat als hij dit heeft gedaan, hij zijn redenen moet hebben gehad, Abel. Leg jezelf uit en ik zal oordelen.

De commissaris legde uit hoe hij Swan en zijn arbeiders van ver had gevolgd tijdens hun bezoek aan Abilene en hoe toen de smokkelaar terugkeerde zonder succes in zijn plan om de kolonisten te verrassen, hij op tijd was aangekomen om hen te voorkomen door Leslie te verrassen op zijn reis van Hij keerde terug naar het dorp hadden ze hem omsingeld en stonden op het punt hem te vermoorden als hij niet op tijd zou ingrijpen.

'Je zult begrijpen dat het mijn plicht was om te controleren of ze hem hadden gedood, of dat hij gewond was en hulp nodig had. Ik koos ervoor om hem te helpen en moest de bende laten ontsnappen.

'Nou, Abel, ik heb je niets te verwijten, want je hebt gehandeld zoals je plicht was. Die buharro kan ergens worden gelokaliseerd, terwijl een gewonde niet bloedend op verloren terrein kan worden achtergelaten. Ik keur zijn gedrag goed en ik heb er niets op tegen.

"Wat ik niet begrijp, is hoe Swan zijn realiteitszin heeft verloren en aan zo'n gevaarlijke onderneming is begonnen, die hem niet alleen vele kilometers verwijderd van het kunnen genieten van het eigendom van die gronden, maar hem ook buiten de gebaande paden plaatst." vraag. Law, beschuldigd van poging tot moord.

"Ik geloof dat hij, na de wanhopige poging die hij deed om mijn collega's te intimideren en hun huurcontracten te verbreken, heeft begrepen dat het nutteloos is om te vechten om dat zo slecht verworven voorrecht te behouden en hij probeert wraak te nemen op wie dan ook.

“Het feit dat ik zo opportuun heb ingegrepen om zijn projecten te ondermijnen, heeft hem boos op mij gemaakt, en toen hij me tussen de rotsen herkende, wilde hij me elimineren, mogelijk met het idee dat ik niet zou blijven vechten om de registratie ongeldig te maken. Ik kan geen andere verklaring vinden.

"Je proefschrift is zeer succesvol en als je aan die wrekende carrière bent begonnen, wees dan voorzichtig, verras hem niet opnieuw in slechtere omstandigheden voor jou. Wat ik niet begrijp is hoe hij zich niet tegen Adam heeft gekeerd, die degene is die zet hem toch in die put.

“Misschien weet hij niet waar hij heen is gegaan en zoekt hij daarom naar andere schuldigen voor zijn falen.

“Het is mogelijk, maar met wat je zojuist hebt begaan, zul je van hier moeten verdwijnen en afstand moeten doen van elk recht dat jou ten goede kan komen, zodat de geldigheid van de registratie wordt erkend. Een gunst aan u, want zelfs in het wanhopige geval dat Adam niet werd gevonden om de annulering van de registratie te rechtvaardigen, zou Swan zich niet legaal op uw land kunnen vestigen of het aan een ander kunnen overdragen, omdat het register is bevolen om nieuwe opdrachten niet te ratificeren.

“Ja, maar dit lost de zaken maar voor de helft op. We zullen niet worden bedreigd met uitzetting, maar we zullen niet worden beschouwd als de legitieme eigenaren van wat heel erg van ons is. De situatie zou zeer dubbelzinnig zijn.

“Ik begrijp het, maar op dit moment is er niets anders. Laten we hopen dat je later Green, de sleutel tot dit alles, te pakken kunt krijgen.

"Voorlopig ga ik de sheriff van Sterling een dringend bericht sturen, zodat, als Swan daar is, hij hem kan arresteren en hem goed vastgebonden kan sturen, en als hij dat niet is, kijk dan of hij zijn verblijfplaats.

En voor jou heb ik goed nieuws. Bird is inmiddels buiten levensgevaar, al moet hij nog tien of twaalf dagen in het ziekenhuis. Hij voelt zich erg geanimeerd en doet niets anders dan vragen wanneer ze hem vrijlaten, om zich te wijden aan het zoeken naar de schurk die op het punt stond hem ondergronds te sturen.

"Ik geloof dat hij tot enige waanzin in staat is om zichzelf in onze ogen te rehabiliteren, maar we zullen het niet toestaan. Wat jij niet kunt, kan hij niet, en als er wat hulp nodig is, daar ben ik voor. Ik heb gewaarschuwd dat ik niet naar Abilene zal terugkeren voordat ik deze kwestie heb opgelost en nu zul je je niet ongemakkelijk voelen over mijn vertraging.

'Goed, meneer Simpson. Op dit moment is er niets te doen zolang er geen aanwijzing wordt gevonden. Als u wilt, kunt u naar het ziekenhuis gaan om uw vriend te bezoeken en hem gerust te stellen.

"Ik doe het meteen. Ik ben erg geïnteresseerd in Bird.

HOOFDSTUK X

SWAN BETAALT UW REKENING

Miles verslindend om de plaats waar zulke onaangename gebeurtenissen hadden plaatsgevonden achter te laten, kwam Swan samen met zijn drie pionnen in Hutchinson aan, aangezien de vierde tussen de rotsen was neergeslagen door Leslie's nauwkeurige schot, en ze verzamelde, gaf hij ze honderd dollar aan elkaar.

Neem dit voor nu; er is misschien meer voor je, maar je moet het verdienen.

"We hebben pech gehad dat die kerel die ons verhinderde om die buharro te beëindigen op zo'n kritiek moment verscheen, en aangezien ik vermoed dat het een of andere commissaris is die de sheriff in mijn voetsporen heeft getreden om me te bespioneren, zou ik mezelf niet moeten vertonen op dit moment zolang ik niet weet in welke situatie ik me heb geplaatst.

“Adam is de schuld van dit alles, hij heeft me misleid om me tienduizend dollar op te lichten. Hij verzekerde me dat het land van hem was en blijkbaar had hij het op een slechte manier van die kolonisten gestolen.

“Wat Adam in die zin heeft kunnen doen, maakt me niet uit, maar het maakt me wel uit dat hij me heeft bedrogen uit afwijzing, waardoor ik in een situatie ben beland die elke dag donkerder wordt. Ik heb geprobeerd dat geld te besparen en het ging van kwaad tot erger. Ik weet dat we Kansas voor een seizoen zullen moeten verlaten om naar een andere staat te verhuizen, maar dat maakt niet uit. Ik zal doorgaan met hetzelfde bedrijf en u zult mij blijven dienen zoals voorheen, dus u zult niets verliezen. Hier kregen we immers bekendheid en elders kunnen we met minder risico blijven opereren.

'Maar ik wil niet verdwijnen zonder eerst mijn schuld aan Adam af te betalen. Je kent hem goed, je kent de plaatsen waar hij vaak kwam als er geen werk was en het zal gemakkelijker zijn dan voor mij om stappen te ondernemen om erachter te komen waar hij op dit moment kan lopen.

'Met tienduizend dollar op zak en met wat hij graag speelde en omging met meisjes uit de gokhuizen, zal hij zeker ergens heen gaan waar hij die grillen kan bevredigen.

"Ik zou liever hebben dat je hem ontdekt zonder dat hij erachter komt, maar als het niet mogelijk is en hij je vraagt, zeg je hem dat ik nog niets heb gedaan met betrekking tot het land, omdat ik deals heb met verschillende veepunten die mij erg interesseren en daar kan ik nu niet voor zorgen.

'Omdat ik niet naar Sterling ga voor het geval ze me daar zoeken, zal ik me een tijdje afzonderen in het huis van een neef van mij, die een paar velden heeft in Raymond. Degene die erin slaagt om Adams verblijfplaats te vinden, zal zich naar die stad haasten om meer te weten te komen over de ontdekking. Het enige wat je hoeft te doen is vragen naar de Kik-velden en je zult me daar vinden.

"Als je me in die zin wilt helpen, zal ik je bedanken en ik zal het in gedachten houden, en zo niet, zeg dat dan alsjeblieft zodat ik andere stappen kan nemen die leiden tot het resultaat dat ik wil.

En met deze belofte van zijn pionnen haastte Swan zich om Hutchinson te verlaten, uit angst dat de commissaris snel zou kunnen terugkeren en na het melden van wat er met de sheriff was gebeurd, definitieve bevelen zou geven om hem te arresteren.

De angst was terecht, aangezien de strenge sheriff weinig kennis had van wat er aan de oevers van Smoky Hill gebeurde, had hij zich gehaast om dringende verzoeken in te dienen om Swan te zoeken en de essentiële gevangenneming van Adam niet te verwaarlozen.

De sheriff betwijfelde of hij gemakkelijk te lokaliseren was, aangezien de misdaad van een poging tot moord op hem woog, maar Leslie was optimistischer en geloofde dat hij vermoedde dat de ellendige persoon had gekeken wat er met zijn slachtoffer gebeurde en dat, als hij had gelezen het nieuws van zijn dood zonder in staat te zijn zijn mond te openen om te getuigen, alle gevaar voor hem was verdwenen met de dood van de karavaan.

En Leslie vergiste zich niet, want Adam had vernomen dat, ondanks de woede die in de staatsgreep was gestopt, Bird niet was gestorven, de angst dat hij zou getuigen en hem zou beschuldigen, had hem gedwongen om onwaarschijnlijke schuilplaatsen te zoeken, tot eindelijk een Die dag hij had het nieuws van Birds dood in Hutchinsons dagboek gelezen en deze dag had hij diep ademgehaald.

Hij had niets te vrezen van de voormalige caravanner of van de autoriteiten; En wat Swan betreft, hij vermoedde dat zonder iemand die de deal zou aanvechten, hij ook geen obstakels zou vinden om zich in Abilene te vestigen.

Toen hij zijn ingewikkelde schuilplaatsen verliet, besloot hij te genieten van die rijkdom waarvan hij nooit had durven dromen dat hij die in zijn zakken zou hebben. Hij zou een prinselijk leven met hem leiden en als het voorbij was, zou hij helemaal opnieuw beginnen.

En zonder veel nadenken besloot hij naar Wichita te verhuizen.

Deze stad begon een reputatie op te bouwen als taai en aantrekkelijk voor degenen die weinig te verliezen en veel te winnen hadden.

De routes van de staten die eerst schuchter Abilene binnenkeken in een groot staaltje mobiliteit door de prairies, waren later verlengd tot Dodge City en, ten slotte, op zoek naar verdere bedrijfsuitbreiding, naar Wichita.

En daar waren de gokholen, de huizen met een lage markering, de stinkende en dodelijke omgeving die bepaalde wezens nodig hadden om vrij te ademen, als bij toverslag ontstaan en daar kon hij het paradijs van ondeugd vinden waarvan hij droomde.

En op een mooie dag ging hij het nieuwe veecentrum binnen in de voetsporen van een bundel die als gids diende om de turbulente stad te lokaliseren.

Wichita was geen Hutchinson, want hij zwol in overeenstemming met het volume van het vee en de uitrusting die daarbij hoorde, maar voor een man als Adam die alleen plezier en ondeugd zocht waar het kon worden aangeboden, sloot Wichita alle charme in. hij zou kunnen wensen.

De gokholen konden geen klanten aantrekken zonder iets speciaals om ze te trekken, en dus was er in alle van hen een cast van ongelukkige meisjes, die door hun trieste lot in de modder waren gedompeld en er doorheen waren gerold, ze hadden dat vee bereikt - de hel oprichten.

Adam voelde zich daar op zijn gemak. Het eerste wat hij deed was zich uitrusten als een machtige boer in een van de pakhuizen van de stad en later, om te laten zien hoe hij eruit zag en niet was, wijdde hij zich aan het bezoeken van de gokhuizen op zoek naar een meisje dat zijn smaak zou vervullen. , om haar een deel van zijn geluk te maken.

Ongeacht of hij met enkelen de liefde bedreef, stopte hij niet met het bezoeken van de gokhallen en tijdens de eerste dagen van zijn verblijf in Wichita lachte het geluk hem op alle mogelijke manieren toe.

Hij was erin geslaagd een van de meest gewilde meisjes te interesseren onder de velen die afwisselden in die havens van ondeugd, en bovendien had hij geluk gehad op de groene loper door winst te behalen die op een gegeven moment het geld dat hij verdiende verdubbelde. had gebracht sinds Hutchinson.

Dit geluk verblindde hem en hij werd al snel een van de bekendste stamgasten in de gokhuizen.

Hij gaf uit zonder belasting, hij vleide de meisjes die hij leuk vond door hen waardevolle geschenken of geldleveringen te geven, niet vertrouwend op degene die hij had meegebracht, maar op het geluk dat hem tot dan toe met zijn vleugels had geraakt. Het leek alsof hij in zijn blindheid geloofde dat dit manna eeuwig zou zijn en nooit verbroken zou worden.

Tot op een goede dag "slecht voor Adam" een van de door Swan gemarkeerde pionnen in Wichita verscheen om de aanwijzing van zijn oude pion te zoeken.

Slimmer dan de andere twee, dacht hij dat een man met een paar duizend dollar en een passie voor gokken en vrouwen maar twee steden kon vinden die bij hem passen: Topeka of Wichita, dat het rijk begon te worden. van ondeugd. En hij besloot eerst door de veestad te gaan. Als hij Adam daar niet zou vinden, zou hij doorgaan naar Topeka, waar hij hem zeker zou vinden.

En hij ontdekte het op de tweede dag dat hij in de ruige stad was.

Hij kon het niet vermijden om de vervolgde arbeider de hand in de mond te geven, aangezien ze elkaar bij dezelfde deur ontmoetten, toen de een een gokhol verliet en de ander binnenkwam. Adam begroette zijn partner verrast en zei:

"Duivel, George...! Zoals jij hier?

De pion vond al snel een zeer plausibele rechtvaardiging.

"Ik kwam gisteren aan tijdens een vee-rit.

"Van Zwaan? vroeg Adam bezorgd.

"Oh nee...! Swan gaf ons allemaal een vergunning zodra je wegging. Hij had ik weet niet wat voor moeilijkheden in het dorp en hij vertelde ons dat hij van plan was een paar maanden inactief te blijven. Omdat we dat niet konden werkeloos toekijken, ieder van ons op zoek naar iets om geld te verdienen. Ik had geluk, ik vond een vriend die pionnen zocht om hier een bundel te slaan en ik haakte bij hem aan.

"Slechte reis, toch?

Verdorie, maar er was niets anders.

"En wat denk je nu te doen?

"Ga met het team terug naar Hutchinson; we vertrekken morgen

"Ik besef dat er hier geen plaats is om te werken, zo niet daarin.

'Goed, en wat doe je?

'Zie je wel, mij een goed leven geven.

'Dat kan ik zien. Je kleedt je als een potentaat.

"Ik heb geluk gehad met spelen.

'Blijkbaar ben je geboren met een geluksster.

"Ik kan niet klagen.

'Ben je van plan hier lang te blijven?

"Tenminste zolang het geluk me toelacht en het geld duurt. Hier vind je wat op veel plekken niet te vinden is.

'Ik ben jaloers op je, jongen, maar ik, die pech heb met spelen, kan er niet naar streven om mezelf een leven als jij te geven. Ik zal mijn loon reserveren totdat ik iets productiever vind.

'Nou, dat weerhoudt je er niet van om met me te gaan eten en vanavond bij een tent rond te hangen. Maak je geen zorgen over mijn kosten.

“Als dat het geval is, accepteer ik dat.

Adam stond zijn voormalige partner toe om met de artiest te dansen, niet zonder haar te waarschuwen dat als ze hem vragen zou stellen over zijn leven en positie, hij zou beweren dat hij een enorme ranch bezat die hij had geërfd van een oom van haar in het oosten van Kansas.

De arbeider maakte zoveel mogelijk aantekeningen over Adams gewoonten in het dorp en nam bij zonsopgang afscheid van hem en beweerde dat hij geen andere keus had dan te vertrekken. Adam haalde grootmoedig een handvol biljetten tevoorschijn en bood ze haar aan, zeggende:

'Hier, voor het geval je een tijdje zonder werk zit. Neem ze zonder scrupules, het heeft me weinig werk gekost om ze te winnen.

De pion accepteerde ze. Later kwam hij erachter dat hij haar zeventig dollar had gegeven.

Zo snel mogelijk keerde hij terug naar Hutchinson en van daaruit begaf hij zich naar het rendez-vous met Swan. Hij verheugde zich op de tweehonderd dollar die de dealer had geboden.

Toen Zwaan hem zag verschijnen in de velden van zijn verwanten, fonkelden zijn ogen van vreugde.

Goed nieuws, George?

'Genoeg voor jou om me het beloofde geld te geven. Ik weet waar Adam is en ik heb met hem gesproken.

"Slecht gedaan, ik zei je dat...

“Ik kon er niet omheen. We stonden tegenover elkaar toen hij een Wichita-tent binnenging en ik vertrok.

'Dus hij is in Wichita?

“Ja, hij kleedt zich als een potentaat, wisselt af op de beste locaties, speelt hard en heeft de genegenheid gewonnen van een van de meest aantrekkelijke schoonheden in de stad.

'Je hebt het goed, hè?

“Hij zegt dat hij veel geld heeft verdiend aan de speeltafels en vanwege de manier van leven die hij leidt, is dat de manier waarop het zou moeten zijn. Hij is van plan daar voor onbepaalde tijd te blijven, hij verblijft in het “Hotel Kansas” en wisselt met voorkeur af in “The Silver Dollar”.

'Heeft hij je geen vragen over mij gesteld of was hij verrast je daar te zien?

“Ik vertelde hem dat je ons allemaal een vergunning had gegeven, omdat ik van plan was een seizoen inactief te blijven en dat ik me had aangesloten bij een team van veedrijvers. Ik liet hem geloven dat ik de vorige middag was aangekomen en dat ik de volgende dag zou vertrekken. Dit is alles.

"Goed, George. Hier zijn de tweehonderd dollar en let op als ik je ooit nodig heb. Als ik mijn zaken met Adam heb geregeld, beginnen we opnieuw, ook al is het op andere plaatsen. Ik kan niet inactief blijven voor lang.

De peon nam afscheid van hem om terug te keren naar Hutchinson en Swan, overmand door een doffe woede die hem niet toestond zijn zenuwen te bedwingen, bereid om naar Wichita te marcheren op zoek naar zijn voormalige pion.

En aangezien George hem alle details had gegeven die hij nodig had om Adam te lokaliseren, ging hij op jacht naar hem toen hij het het minst kon vermoeden.

Hij plaatste zich in de buurt van het hotel waar de valse potentaat verbleef en wachtte geduldig tot het 's nachts zou vallen. Als Adam tot het ochtendgloren de gokhallen bezocht, hoopte hij hem elk moment het hotel te zien verlaten.

En hij zag zijn hoop niet gefrustreerd, want om ongeveer half elf verliet de ex-arbeider, een arm van de zee, het hotel rokend een magnifieke Virginia-sigaar om naar de "Silver Dollar" te gaan.

Swan volgde hem op een afstand. Dit was niet het meest geschikte moment om hem te benaderen, vanwege de vele mensen die door de straten liepen; hij zou zich met geduld moeten bewapenen en wachten tot de nacht voorbij is, en bij het ochtendgloren, wanneer hij de gokhal verliet, hem tegemoet gaan en de lopende rekeningen vereffenen.

Voor de mensenhandelaar was het een kwellend wachten dat uiteindelijk zijn zenuwen deed ontwaken. Zijn geduld raakte op, ondanks zijn inspanningen, en in meer dan een oogenblik kwam hij in de verleiding om met een revolver in de hand de tent binnen te gaan en hem neer te schieten.

Maar hij kon ondanks alles standhouden en toen de dageraad naderde en de plaats al helemaal leeg was, zag hij hem bij de deur komen, in het licht van de lamp die aan de bovendeuropening hing.

Maar met oneindige woede merkte hij op dat hij niet alleen naar buiten ging. Hij werd vergezeld door een lang, blond meisje, gewikkeld in een brede sjaal om zichzelf te beschermen tegen de koele ochtendlucht.

Adam bood galant zijn arm aan om haar te vergezellen en Swan, die niet langer kon weerstaan, sprong uit de schaduw en stond met verschillende passen voor het paar, brullend:

"Adam, zoon van een wolf ...! Je gaat. betalen voor het werk dat je me hebt aangedaan!

Adam, die het gevaar realiseerde, liet de arm van het meisje los en legde zijn hand opzij, maar te laat, omdat de revolver van de dealer twee keer donderde en de voormalige arbeider zijn wapen liet vallen, zijn handen op zijn borst legde en in elkaar zakte. op de grond, terwijl zijn metgezel, doodsbang, hysterisch om hulp schreeuwde.

Zwaan merkte verre voetstappen op die naderden en terwijl hij rende, verloor hij zichzelf in een donker steegje, op de vlucht voordat ze hem konden tegenhouden.

Hij geloofde dat hij Adam had vermoord en dit was genoeg voor hem, maar hij was niet bereid zich te laten vangen.

En daar hij alles gereed had gelaten voor de vlucht, rende hij door verschillende verlaten steegjes tot hij de plaats bereikte waar hij zijn paard had achtergelaten, klaar om te vertrekken.

Hij had gehandeld op een plek die te ver weg was, waar hij bij niemand bekend was en als Adam was gestorven zoals hij veronderstelde, zoek dan uit wie hem had vermoord.

Het zou nog een incident zijn van de vele die plaatsvonden als gevolg van rivaliteit in vuile zaken, en zodra het lichaam was begraven, zou het dossier worden afgesloten met de behulpzame zin van "vermoord door een onbekende hand".

Toen hij zich weer onder de bescherming van het eigendom van zijn neef bevond, rechtvaardigde hij zijn afwezigheid door te zeggen dat hij was gegaan om een veekwestie op te lossen en dat hij voorlopig van plan was een seizoen van rust door te brengen. Hij zou een week of twee bij zijn neef blijven, en dan zou hij een reis naar New Mexico maken om de atmosfeer op te snuiven voor het geval het hem uitkwam om daar te blijven.

Hij werd echter gekweld door een twijfel, zoals voorheen Adam had gekweld, en het was de onzekerheid dat hij niet vast wist of zijn vorige pion was gestorven of niet.

Maar dit zou niet gemakkelijk voor hem zijn om te controleren. Wichita was te ver weg en het nieuws kon hem niet bereiken. Hij zou genoegen moeten nemen met wensen dat de schoten effectief waren geweest.

Maar als Adam zichzelf redde en hem aangaf, verwachtte hij niet dat iemand te veel navraag zou doen om hem te vinden. Het leven van een man als Adam was waardeloos, vooral op dergelijke breedtegraden en niemand zou de moeite nemen om de hele staat te mobiliseren om naar hem te zoeken. Het is waar dat hij kon zeggen dat hij in Sterling woonde, maar aangezien hij niet van plan was naar die stad terug te keren, lieten ze hem zo vaak zoeken als ze wilden.

De dagen waren voorbijgegaan zonder variatie bij Hutchinson. Leslie gaf het weinige geld uit dat ze opzij had kunnen zetten in afwachting van dringende behoeften en loste niets op dat de situatie zou verduidelijken.

Niemand gaf een reden voor Adam en er was niets meer van Swan vernomen. Het leek alsof de aarde ze had opgeslokt, en toch moesten ze ergens niet ver weg zijn, en het lot maakte het onmogelijk om ze te vinden.

Bird herstelde snel. Zijn uiterst ernstige wond was geheeld en hij wilde ongeduldig worden ontslagen om koortsachtig te gaan zoeken naar zijn verraderlijke voormalige karavaan-metgezel.

Tot op een dag de sheriff erin slaagde de draad van het spoor te haken dat hem naar Adam en Swan zou leiden, door de leiding die hij het minst kon vermoeden.

Het was ter gelegenheid van de arrestatie van George, de pion van Swan die net uit Wichita was aangekomen. George was, nadat hij de tweehonderd dollar van de dealer had ontvangen, een gokhal binnengegaan, dronken geworden, had een groot gevecht gehad met een boer die hij met een fles sloeg en een van de commissarissen van de sheriff hield hem tegen en nam hem mee naar de kantoren.

En daar herkende de andere commissaris, degene die Swan en zijn team naar de omgeving van Abilene was gevolgd, hem onmiddellijk.

Toen hij de sheriff zo'n erkenning gaf, onderwierp de man met de ster de arbeider aan een ruw en uitputtend verhoor, tot het punt dat hij hem dwong alles te spuien wat hij wist.

En waarvan hij wist dat de sheriff zich niet bewust was, was zijn zoektocht naar Adam, zijn ontmoeting met hem, zijn terugkeer om verslag uit te brengen aan Swan en de voldoening die Swan hem voor het nieuws had gegeven.

De sheriff haastte zich om de smokkelaar te vinden, maar hij was al vertrokken naar Wichita. Zijn neef wist niet waar hij heen was, maar Swan had hem verteld dat hij na een week terug zou zijn.

Op het moment was er niets dat ik kon doen, als het niet wachten was; maar hij zette een discrete bewaker rond de velden van Swan's neef, om Swan tegen te houden zodra hij terugkwam. En stuurde onmiddellijk een lang telegram naar de sheriff van Wichita, geïnteresseerd in de gevangenneming van Adam en, indien mogelijk, die van Swan, aangezien hij met goede reden aannam dat de handelaar naar de veestad was gegaan alleen met de obsessie om iemand te laten verdwijnen zo had hij hem bedrogen. Misschien geloofde hij nog steeds dat het niet mogelijk zou zijn om de eerste registratie te verduidelijken en op een bepaald moment de wettigheid van zijn aankoop zou kunnen vaststellen door Adams tong voor altijd te zwijgen.

Vierentwintig uur later ontving de sheriff het antwoord van Wichita. De stadssheriff zou hem telegraferen en zei:

> Ik heb je telegram ontvangen en toen ik op het punt stond de gegevens te verifiëren, zijn de gebeurtenissen in een stroomversnelling geraakt.
>
> Vanmorgen, bij het verlaten van een joint vergezeld door een artiest, kreeg die genaamd Adam Greene twee kogels in de borst, die, als ze niet dodelijk waren, zouden kunnen zijn. Zoals hij kon getuigen, is de agressor een mensenhandelaar uit die omgeving, genaamd Swan. Hij woont in een stad genaamd Sterling.
>
> Volgens zijn instructies heb ik Adam in een van mijn kooien gehouden, waar de dokter hem komt behandelen. Dit zorgt ervoor dat u, indien nodig, binnen acht of tien dagen kunt reizen, zij het met bepaalde voorzorgsmaatregelen.
>
> Ik wacht op verder nieuws van u om verder te gaan.

Leslie's vreugde was enorm toen de sheriff besefte hoeveel hij wist. Adam zat in het net zonder te kunnen ontsnappen en wat Swan betreft, het zou een kwestie van dagen zijn om hem te pakken te krijgen.

'Wat ben je van plan te doen?' vroeg Leslie.

“Dit is wat ik me afvraag. Ik vertrouw mezelf niet om Adam in de handen van mijn partner te laten zodat hij me kan doorverwijzen naar iemand daar. Er kan sprake zijn van steekpenningen of iets dergelijks, als, zoals hij zegt, Adam veel geld omgaat en hem liever laat halen.

“Maar ik heb maar twee commissarissen. De ene is op zoek naar Swan voor het geval hij terugkomt, en de andere is niet genoeg voor zo'n lange rit. Ik heb meer mensen nodig.

'Dat kan worden opgelost. Ik kan uw commissaris vergezellen en, samen met ons twee, voor Adam zorgen en hem hierheen brengen. Zoals u zult veronderstellen, zult u me niet kunnen omkopen voor veel geld dat u heeft.

'Ik veronderstel al en aangezien u aanbiedt mijn commissaris te helpen, accepteer ik het aanbod. Van wat mijn partner zegt, duurt het ongeveer acht dagen om fit te zijn om te reizen. Als er een kar wordt gehuurd om het te brengen, kost de reis je bijna die tijd en kom je alleen aan om voor de schurk te zorgen. In de tussentijd zal ik proberen Swan te pakken te krijgen, en als het me lukt, is de zaak binnen de kortste keren opgelost.

'Wat mij betreft, ik ben klaar om te vertrekken als je het zegt.

'Ze kunnen het 's ochtends doen. Mijn commissaris regelt alles voor de reis.

'Heel goed. Ik wil je alleen vragen om uit te kijken wanneer Bird wordt ontslagen. Zorg voor hem, laat hem hier niet weggaan en verzeker hem dat alles binnen een paar dagen in orde is.

"Maak je geen zorgen, ik doe het zo.

De volgende dag vertrokken de sheriff en Leslie naar Wichita met een door de sheriff ondertekend arrestatiebevel en een brief aan de sheriff. De kwestie werd opgelost en Leslie sprong op van vreugde.

Op de derde dag nadat ze beiden waren vertrokken op zoek naar Adam, keerde Swan terug naar de velden van zijn neef. Hij had lang niet het vermoeden dat het deze keer erger zou worden dan ooit en dat hij gestruikeld was dat niet meer te verhelpen was.

De commissaris liet hem arriveren en toen hij het het minst verwachtte, verscheen hij in de cabine en verraste de dealer en zijn neef.

De commissaris, die dezelfde was die Leslie's leven tussen de rotsen had gered, intimideerde hem door te zeggen:

"Dhr. Swan, je wordt vastgehouden op bevel van de Hutchinson sheriff.

"Ik? Om welke reden?

“Hij wordt ervan beschuldigd te hebben geprobeerd een kolonist van Abilene te vermoorden.

"Ik? Wie kan die absurditeit bewijzen?

'Ik, die degene was die tussenbeide kwam toen jij en drie pionnen onder jouw bevel hem probeerden neer te schieten. Het heeft geen zin om het te ontkennen, omdat bovendien een van de peons wordt vastgehouden, die alles heeft bekend.

De tanden van de smokkelaar knarsetandden hevig.

"Dit is een val en ik zal er niet in trappen.

'Dat zegt de sheriff. Hef je armen zodat ik je de revolver kan ontdoen en volg me dan.

Swan aarzelde even, maar gehoorzaamde en toen de commissaris de kolf van het wapen greep, probeerde Swan zijn knie in zijn borst te duwen, maar de commissaris, die geen rookie was, kromde zijn lichaam op tijd en de slag was niet succesvol. Niet zo dat hij hem, door een toegepaste indrukwekkende kopstoot, van kennis beroofde.

En terwijl hij het lichaam van de mensenhandelaar op zijn schouder droeg, verliet hij de hut en legde zijn last op de rug van het paard en bereidde zich voor om terug te keren naar de stad.

Tegen de tijd dat hij erbij was, was Swan weer bij bewustzijn, maar goed geboeid was hij niet bij machte om zich weer tegen de commissaris te keren.

De sheriff zorgde voor hem en dwong hem om voor hem te gaan zitten, hij zei:

"Dhr. Swan, wanneer mensen gretig manoeuvreren en beweren te bezitten wat honderd voor vijf waard is, verliezen ze over het algemeen alles en daarmee vrijheid en wie weet wat nog meer.

"Jij. Hij geloofde dat hij een geweldige zaak deed door Adam te kopen voor een stuk stront dat veel geld waard was en toen hij zich realiseerde dat zijn hebzucht hem ertoe had gebracht een slechte deal te sluiten, legde hij zich niet neer bij het verliezen, maar keerde zich tegen iedereen en tegen hem. Het heeft ertoe geleid dat u een reeks acties hebt ondernomen die u veel zullen kosten, aangezien u wordt beschuldigd met bewijs van twee moordpogingen: een in de persoon van een kolonist uit Abilene en een andere in de persoon van Adam, die je uitdrukkelijk in Wichita hebt gezocht om hem naar de hel te sturen.

"Als je wilde dat je je mond zou sluiten zodat je niet zou kunnen verklaren hoe je het hebt gedaan met de twee documenten die dienden om het eerste record te verifiëren, dan heb je gefaald, omdat Adam niet is overleden, maar zelfs als hij was gestorven, zou je Ik zou die landen nooit hebben kunnen claimen omdat het buiten de wet was om ze te behouden.

Zwaan bewoog zich boos.

“Ik wist niet hoe ze in zijn handen waren gekomen, want als ik had geweten dat hij een misdaad had begaan, zou hij ze niet hebben gekocht.

'Hoe dan ook, het zal een troost voor je zijn te weten dat Adam niet beter af zal zijn. Ook weegt op hem een beschuldiging van poging tot moord met diefstal en de juryleden zullen niet verlegen zijn om hem te beoordelen. Ik ben bang dat jullie samen in dezelfde boom gaan dansen.

“Ik zal getroost zijn als ik hem zie dansen voordat ik het doe.

'Dat zal het geluk beslissen. En nu, als je niets in je voordeel hebt, kun je alleen wachten op de uitspraak als de oorzaak is gevonden.

"Als die tijd komt, zal ik proberen mezelf te verdedigen.

De sheriff sloot hem weer op en bereidde zich voor op de terugkeer van Leslie en zijn sheriff.

Ze arriveerden een paar dagen later en namen degene die zoveel ellende veroorzaakte mee in de kar, stevig vastgebonden.

Dan had al zijn arrogantie en cynisme verloren. Hij besefte in welke val hij zat en de paniek van het lijden onder de gevolgen had hem moreel en materieel tot zinken gebracht.

De sheriff behandelde hem hard en onderwierp hem aan een brute ondervraging, maar Adam, in de overtuiging dat Bird was gestorven terwijl hij in de krant las, stond erop zijn misdaad niet te bekennen.

"Ik heb niemand vermoord" brulde hij. Ik vond die papieren in een envelop midden op straat en realiseerde me dat ze een goede waarde hadden als ik me haastte om die gronden op mijn naam te registreren. Ze mogen me beschuldigen van verduistering, maar niet van enige misdaad.

'Denkt u dat u daar niet van beschuldigd kunt worden?

'Ik daag je uit om bewijs te overleggen. Laten we eens kijken wie mij heeft zien doden of iemand heeft proberen te vermoorden en mij het slachtoffer te brengen.

'Heb je niet gelezen dat je slachtoffer was overleden? Wie denk je dat de man was die ze dood vonden in de steeg van Los Sauces? Gaat hij ontkennen dat hij Victor Bird kende?

'Ik weet niet wie die Bird is, ik heb nog nooit van hem gehoord. Als hij de papieren had moeten hebben en ze zou verliezen, betekent dat niet dat ik de auteur van zijn dood was. Ik vond de papieren op straat. Misschien is degene die hem vermoordde toen hij vluchtte ze kwijtgeraakt.

‘Is dat je laatste woord?

'Ik heb geen ander en ik herhaal dat ik je uitdaag te bewijzen dat ik die man heb vermoord.

"Nou, we zullen zien of het lukt.

En de volgende dag, toen Bird net het ziekenhuis had verlaten met het ontslag in zijn zak, nam Leslie hem mee naar het kantoor van de sheriff. Dit had, als wraak op de oorlog die die zaak hem had bezorgd, een verrassingsshow voor Adam voorbereid. De verrassing om hem te ontmoeten met Bird, van wie de schurk geloofde dat zijn botten al ondergronds aan het rotten waren.

Hij haalde hem uit de kooi en duwde hem naar het kantoor, en zei sarcastisch:

'Adam, hij heeft je voorgesteld aan wie kan bevestigen dat je hem probeerde te vermoorden in de steeg van Los Sauces.

De schurk bleef bleek als was achter toen hij werd geconfronteerd met de voormalige karavaan, en even leek het alsof hij zou bezwijken van de hevige schok, maar brutaal reagerend wierp hij zich met een onverwachte sprong op Bird, brullend:

'Jij, verdomme je stempel!

Met het hanteren en alles leek het erop dat hij op de herstellende ex-caravan zou vallen en hem met het gewicht van zijn lichaam zou verpletteren voordat de sheriff en Leslie reageerden en hem konden vangen, maar het was niet nodig, omdat Bird in de hoogte van zijn woede activeerde het been toen de schurk op hem sprong en de zool van zijn harde laars met zo'n kracht op zijn gezicht drukte dat hij hem achterover tegen de voordeur gooide.

Adam viel op de grond, dramatisch bloedend uit zijn mond en neus, en het was Bird die moest worden vastgehouden, terwijl hij probeerde zich op zijn vijand te werpen om hem met zijn klauwen te vernietigen.

Ze sleepten Adams gehavende lichaam mee en droegen hem terug naar de kooi, terwijl Leslie haar partner probeerde te kalmeren. De test was voor beiden te zwaar geweest, elk in zekere zin, maar genoeg om geen nieuwe confrontatie nodig te hebben.

De zaak was in alle opzichten duidelijk genoeg. Adam had bekend dat hij het land onjuist had doorzocht, ook al ontkende hij de overval en poging tot moord. Nu, blootgelegd, kon hij niet langer ontkennen en de rechters toen de zaak werd behandeld, zouden de registratie voor zowel Adam als Swan annuleren en het aan hun echte eigenaren toekennen.

Leslie's vasthoudendheid had eindelijk bereikt wat eerlijk was.

HOOFDSTUK XI

MOEDER AARDE

Twee dagen later, nadat ze het corresponderende rapport tegen Adam en Swan hadden gecontroleerd en de zaak aan de bevoegde autoriteiten hadden voorgelegd zodat zij de hoorzitting van de zaak konden signaleren, besloten Leslie en Bird terug te keren naar de stad.

Ze konden de terugkeer niet langer uitstellen. In Abilene zouden ze achtervolgd worden door hun lot, omdat ze te veel dagen van huis waren geweest en omdat het proces nog minstens drie of vier weken zou duren, werd de terugkeer opgelegd.

Maar de sheriff stelde hen gerust over de toekomst. De zaak was zo duidelijk dat wanneer een vonnis tegen de twee schurken werd uitgesproken, een ander zou worden uitgesproken, waarbij de registratie zou worden geannuleerd en zou worden bevolen dat het aan de echte eigenaars zou worden toegekend.

Leslie beloofde echter na een maand terug te keren.

Ondertussen zou hij voor hun belangen zorgen en tegelijkertijd vreugde en rust brengen in honderd huizen waar op dat moment rusteloosheid heerste.

Tijdens de reis verklaarde Bird berouwvol:

“Ik schaam me om mezelf voor te stellen aan onze collega's. Ik ben dom en vertrouwend geweest, en door mij zijn ze allemaal blootgesteld aan het verliezen van hun eigendommen. Ik betwijfel of ze me zullen vergeven.

'Wees niet kieskeurig,' antwoordde Leslie. Ze weten dat je een fatsoenlijke man bent en dat het allemaal een kans was. Ik kan u verzekeren dat ze even bezorgd zijn geweest om uw leven als om uw eigendommen.

'God betaalt jullie allemaal, Leslie, en jij in het bijzonder, die je leven hebt geriskeerd om samen te stellen wat ik zo stom heb verprutst.

“Je kunt niet te goed zijn, want hoe dom kun je worden dat je denkt dat anderen net zo goed zijn als jij.

'Je hebt gelijk Leslie. Wij mannen weten niet hoe we dankbaar genoeg moeten zijn voor wat de aarde ons geeft. We zouden graag de vrucht willen, maar vermijden om op de grond te zweten om het te verkrijgen. Als we niet zouden bestaan als een hele schare stoere mannen, bereid om de gure weersomstandigheden te verdragen die aan de bast krabben, dan zouden we zien of anderen zouden weten hoe ze onze inspanningen zouden waarderen.

Met deze bittere verhandelingen bereikte het paar de omgeving van de stad. Nooit eerder hadden ze zo'n emotie gevoeld, misschien omdat ze zich tot dan toe mannen hadden gevoeld die in bruikleen leefden en nu kenden ze zichzelf als absolute eigenaars van alles wat hun leven en huis uitmaakte.

Toen de meer gevorderde kolonisten de wagen zagen die langzaam aan het rollen was, begonnen ze het bericht van de komst van de twee mannen te verspreiden, en al snel werd het werk gestaakt en iedereen stroomde toe om hen tegemoet te komen met de gretigheid die op hun gezichten weerspiegeld werd.

Ze waren in de meest volledige onwetendheid van alle perikelen die de twee kolonisten in Hutchinson leden en ze waren overweldigd door de twijfel over wat er had kunnen gebeuren met de heerschappij van hun land.

Iedereen omringde de twee helden van het avontuur, viel hen lastig met vragen en Leslie om hen te kalmeren, schreeuwde:

"Een ogenblik, metgezellen. Jullie zullen alles te zijner tijd en in orde weten, maar om jullie zorgen weg te nemen zal ik anticiperen dat deze zaak is opgelost. De twee meest gevreesde vijanden die op onze weg waren gekomen, zijn gevangengenomen en beschuldigd van diefstal en Ze zullen binnenkort worden berecht en veroordeeld, en wanneer dit gebeurt, zullen de rechters de ongeldigheid van dat record vaststellen en bevelen dat het op onze naam wordt geplaatst.

“Dus kalm allemaal en val ons niet meer lastig dan nodig is. We hebben vermoeiende dagen doorgebracht met het uitvoeren van intensieve procedures, ik heb een zeer zware reis naar Wichita moeten maken, om te zorgen voor de schurk die Bird verwondde en onze documenten stal en nu hebben we ook een zware dag gehad tot hier. Laten we weer op krachten komen en dan weet je alles met de grootste hoeveelheid data.

Een hoera! juichte Leslie's woorden luid toe. Velen omhelsden hem opgewonden, anderen sprongen op van vreugde en sommigen namen Bird in hun armen en droegen hem naar de velden, hem op hun schouders dragend met de natuurlijke emotie van de oude karavaan.

Toen de grote menigte kolonisten die de wagen omringden opruimde, kon Leslie ervan afstappen. Een eindje verderop, met tranen van vreugde in haar ogen, wachtte Margaret op het moment om haar verloofde te kunnen benaderen, en hij, op haar aflopen, opende zijn armen om haar te ontvangen, schreeuwend:

"Margaret...!

Een paar minuten waren ze gespannen en hielden elkaar koortsachtig vast. Geen van beiden kon spreken, en het was Leslie die voor het eerst haar kalmte herwon en zei:

'Nou, Margaret, ik denk dat je zenuwen nu wel tot rust zullen zijn gekomen en dat al je zorgen zijn verdwenen.

'Ja, lieverd, nu ja, maar tot nu toe ... hoeveel nachten van angst, angst, onzekerheid heb ik doorgebracht, denkend aan wat er met jou had kunnen gebeuren! Het is bijna drie weken van afwezigheid geweest dat ik ze mijn ergste vijand niet toewens.

Even later deed de kolonist een getrouw verslag van alles wat er was gebeurd en legde uit hoe door puur toeval, toen een van Swan's pionnen werd gearresteerd, zijn verblijfplaats en zijn prestatie om naar Wichita te verhuizen om Swan neer te schieten, waren ontdekt. zijn oude pion.

Margaret had verlangend naar hem geluisterd en toen ze klaar was met haar verhaal, zei ze:

'Denk je dat... ze die registratie echt zullen annuleren en op onze naam zullen zetten?

'Ik twijfel er niet aan, lieverd. De sheriff verzekerde me formeel en dat is logisch. Nu Adam moet erkennen dat hij Bird probeerde te vermoorden alleen om de papieren in beslag te nemen en het land op zijn naam te registreren, is het een demonstratie dat hij van ons is en dat de rechters de juiste straf zullen uitspreken.

“Aan de andere kant heb ik opgetekend dat Adam meer dan achthonderd dollar van Bird heeft gestolen die hij in zijn zak had om wat aankopen te doen en aangezien ze Adam bijna zevenduizend in zijn zak hebben gevonden, zullen ze ze aan ons teruggeven. en misschien meer als vergoeding voor de geleden schade.

"Alles is, zoals u kunt zien, opgelost en er is geen angst dat de zaak zich opnieuw zal voordoen en nu ik u volledig over alles heb geïnformeerd, sta me toe een kijkje te nemen in mijn land. Ik ben hier bijna anderhalve maand weggeweest zonder voor mijn belangen te zorgen en daar maak ik me nu wel zorgen over.

'Volg me en maak je geen zorgen. U zult zien dat uw gewassen net zo in orde zijn als die van de anderen. We hebben allemaal onze inspanningen geleverd om voor hen te zorgen als de onze en u hoeft niemand de schuld te geven van verlating die niet heeft bestaan. Komen.

Hij pakte haar bij de arm en ze liepen naar de plek waar Leslie zijn complot bewaarde.

Ernaast was een heuvel en toen ze de kleine top bereikten, staarden ze om zich heen.

Het was halverwege de middag, de zon van de al komende zomer, stralend met kracht, pracht, en waar het landschap bedekt was, waren alleen golven van blondines en overwoekerde oren te zien die, al in het seizoen, alleen wachtten op de snijkant van de sikkel om de oogst binnen te halen.

Leslie met tranen in haar ogen en gedomineerd door een intense emotie, pakte zijn verloofde bij de taille en merkte op:

'Is dit niet prachtig dat we zien, Margaret?

'Natuurlijk is dat zo, schat.

“Ja, het is mooi en spannend. Misschien heeft de contemplatie van wat ons omringt voor velen geen grote betekenis. Velen zullen er met onverschillige ogen naar kijken, als iets natuurlijks en vaak gezien, maar wij niet. We moeten het met andere ogen bewonderen, want het is ons werk, het product van inspanning, iets dat veel van ons sap in zijn binnenste draagt dat door een spierinspanning op moeder aarde is gemorst, om het vrucht te laten dragen voor het welzijn van iedereen.

“Ik ben als kolonist geboren omdat God het zo wilde en ik heb nooit geklaagd over deze harde en uitputtende neiging. Alles wat geschapen is, heeft zijn schoonheid en dit heeft het ook, hoewel velen niet weten hoe ze het moeten begrijpen.

Om deze reden heb ik vaak, wanneer ik in bevolkte steden waar de hartslag van de aarde niet klopt omdat het verre van dat is, gezien hoe mensen zich prettig hebben gevoeld bij een ingenieur, een architect of een andere man van de wetenschap en ons. heeft ons met onverschilligheid behandeld en hoogstens gezegd: Bah, een boer! Ik heb me gekwetst en verontwaardigd gevoeld.

“Niemand heeft er bij stilgestaan hoe belangrijk degene is die een brug trekt of een groot gebouw opricht, als degene die na veel zweet en pijn zijn vruchten van de grond plukt. We zijn allemaal schuldeisers van iets en verdienen dezelfde behandeling en respect.

“Pas wanneer de grote rampen het land hebben verwoest, de gewassen hebben neergehaald en de artikelen die we ze met ons zweet aanbieden, hebben verminderd, zijn ze verplaatst, maar niet door ons, die onszelf in puin zagen, maar omdat voor de anderen gebrek aan tarwe of meel. Pas toen realiseerden ze zich een beetje wat Moeder Aarde voor de mensheid betekent, zelfs als ze negeerden wat deze enorme catastrofes voor ons hadden kunnen betekenen.

'Maar het maakt niet uit, Margaret; we leven in onze kleine wereld en we zijn er gelukkig in. Voor ons is moeder aarde alles. We weten hoe we moeten waarderen wat we van haar vragen en wat ze ons geeft, en als ze ons genoeg geeft om van te leven, zijn we haar dankbaar en verwennen we haar voor wat ze is: onze materiële moeder.

“Zie je die enorme oogst die we dit jaar terugkrijgen voor onze inzet? Want zij is ons geluk, ons thuis, Gods zegen voor onze liefde en onze rust. Ik weet dat in deze dagen de spoorlijn in gebruik zal worden genomen en dat dit ons in staat zal stellen al het opgeslagen graan en het graan dat we gaan verzamelen, weg te doen. We zullen het verkopen, we zullen geld hebben om te voltooien wat we missen en de stad zal groeien, bloeien en dingen hebben die zeer noodzakelijk zijn en we zullen ervoor zorgen dat ze niet ontbreken.

“Er komt een kerk, een school voor de jongens, een klein casino voor onze bescheiden en vertrouwde feesten; en op een dag zal dit volk dat uit het niets is geboren, omdat een handvol stoere mannen van goede wil het zo wilden, deel gaan uitmaken van de geografie van de natie en op kaarten worden gemarkeerd als iets tastbaars. Die dag zullen we er allemaal trots op zijn, omdat we allemaal onze graankorrel "nooit beter hebben toegepast" zodat de wens werkelijkheid zou worden.

“En we hebben alles te danken aan de moeder aarde, die hier op ons wachtte om de streling van onze ruwe handen te ontvangen, om ons het fruit aan te bieden dat het in zijn ingewanden bewaarde en dat niemand was gekomen om te verzamelen.

'Ja, Leslie, we zullen het haar en onze inspanningen verschuldigd zijn.

“Eerlijk, maar de inspanning moet worden geleverd waar het loont. In het zand zaaien is niet rendabel, het moet hier gebeuren, waar Moeder Aarde die inspanning kan compenseren.

'En nu zal ik je iets vertellen waar je heel blij van wordt. Ik heb beloofd over een maand naar Hutchinson terug te keren, wat de datum zal zijn waarop het proces zal worden gezien en alles zal worden opgelost. Om dit te verifiëren, om er zeker van te zijn dat de registratie op onze naam is gelegaliseerd, zal ik terugkeren, maar de reis een beetje uitstellen. Eerst zullen we de oogst binnenhalen en dan... Ik zal de wagen met tarwe laden en jij en je vader gaan met mij mee.

"We zullen de tarwe daar verkopen, met wat ze ons geven, zullen we kopen wat we nodig hebben om ons te kleden zoals God het bedoeld heeft en daar te trouwen, zonder te hoeven wachten tot de kerk hier opstaat en wie er maar kan komen. We zullen getrouwd en niets zal het geluk verstoren dat we met zoveel zweet hebben verdiend.

Ze sprong in zijn nek en drukte een hartstochtelijke kus op zijn mond terwijl ze bevestigde:

“Zo wil ik het, want zo wil jij het. Gezegend ben je, Leslie!

“En gezegend zij het land dat ons de mogelijkheid heeft gegeven om zo gelukkig te zijn als we hebben gedroomd.

En daar, op de top van het kleine topje van de heuvel, beiden stevig omhelsd, glimlachten ze gelukkig, terwijl de wind het tapijt van spijkers wiegde dat hen leek te begroeten terwijl ze zich over de aarde bogen en de rivier gleed mompelend wie wist welke zinnen van liefde en geluk voor de gepassioneerde bruid en bruidegom.

EINDE

www.ingramcontent.com/pod-product-compliance
Lightning Source LLC
LaVergne TN
LVHW101948220826
846093LV00006B/145

* 9 7 9 8 2 0 1 1 0 2 5 8 6 *